लौटे हुए मुसाफिर

उपन्यास

लौटे हुए मुसाफिर

कमलेश्वर

लोकभारती प्रकाशन

लोकभारती प्रकाशन
पहली मंजिल, दरबारी बिल्डिंग, महात्मा गांधी मार्ग,
इलाहाबाद–211 001
वेबसाइट : www.lokbhartiprakashan.com
ई-मेल : info@lokbhartiprakashan.com

शाखाएँ : 1–बी, नेताजी सुभाष मार्ग, दरियागंज,
नई दिल्ली–110 002
अशोक राजपथ, साइंस कॉलेज के सामने,
पटना–800 006
36 ए, शेक्सपियर सरणी, कोलकाता–700 017

नया संस्करण : 2015

मूल्य : ₹ 250

बी.के. ऑफसेट
नवीन शाहदरा, दिल्ली–110 032 द्वारा मुद्रित

LAUTE HUYE MUSAFIR
Novel by Kamaleshwar

ISBN : 978-93-5221-019-0

लौटे हुए मुसाफिर

...सिर्फ नफरत की आग ने इस बस्ती को जलाया था। यह वही बस्ती है जिसने अट्ठारह सौ सत्तावन में अंग्रेजों से लोहा लिया था। हर कौम और मजहब के लोगों ने कन्धे से कन्धा मिलाकर गोलियों की बौछार सीनों पर झेली थी।

...तब बहुत खूबसूरत थी यह बस्ती।

राजा के तालाब में कमल फूलते थे। धीमरों के लड़के कच्चे कमलगट्टे बेचने आया करते थे। दूसरे तालाबों में बैंजनी जल-मंजरी फूलती थी...उसके पत्ते नागों की तरह फन उठाए रहते थे। पजावों के ढलानों पर बेरियों के बाग थे। जंगल में कमरख और आँवले के पेड़ थे। पके हुए बेल जब महकते थे, तो बस्ती में गन्ध मँडराती थी। महुआ टपकता था, तो खुमार छा जाता था। घरों में भभके चलते और कच्ची शराब खिंचती थी।

नदी-तालाबों में सींग, पढीन, डिंगार, सौर और रोहू मछलियों की भरमार थी। नदी के पार ताड़ के बाग थे, जहाँ नीरा बिकता था।

मन्दिरों के आँगनों में गेंदे फूलते थे और मस्जिदों के सहन में बेला, चमेली और मोतिया महकता था। बड़ी मस्जिद के गुम्बदों और मीनारों पर जंगली कबूतर बैठे रहते थे, सहन बीट से भरा रहता था।

जब हिन्दुओं की बस्ती से ताजिए गुजरते थे, तो उन पर लोग गुलाब-जल छिड़कते थे और हिन्दू औरतें अपने बच्चों को गोदी में उठाए ताजियों के नीचे से गुजरती थीं और दौड़-दौड़कर फेंके हुए मखाने बीनकर श्रद्धा से आँचल के खूँट में बाँध लेती थीं।

जब रामलीला का विमान उठता था, तो मुसलमान औरतें दरवाजों की चिक या बोरों के पर्दे उलटकर मूर्तियों के शृंगार की तारीफ करती थीं और उनके बच्चे विमान के साथ दूर तक शोर मचाते हुए आया करते थे—''बोल राजा रामचन्द्र की जै।''

लेकिन सिर्फ नफरत की आग ने इस बस्ती को जलाया था।

किले के आस-पास पुराना शहर बसा हुआ था। आज भी वह शानदार किला यहाँ मौजूद है, जिसे देखकर पुरानी यादें ताजी हो आती हैं। उत्तर तरफ की दीवारें, जो अंग्रेजों के गोलों से सन् सत्तावन में ढही थीं, आज भी वैसी ही पड़ी हैं। अब घुड़साल में फकीर रहते हैं और हाथीखाने में ताँगेवाले। ठाकुर राजाओं का वह राज देखते-देखते धूल में मिल गया। बाजार सूना हो गया। मंडी उजड़ गई...और यह राज्य सूबे का एक जिला बना दिया गया।

वे दिन बीत गए और शहर किले के आस-पास से हटकर दक्षिण तरफ बसने लगा। अंग्रेजी हुकूमत के साथ-साथ ईसाई आए और उनकी एक अलग कॉलोनी बन गई। नदी पार सिविल लाइंस बनी और अंग्रेजी दबदबा पूरे शहर पर हावी हो गया। नन्हे-से शहर में एकाध गिरजे और बन गए। कुछ छोटी-मोटी मशीनें शहर में आईं। इधर-उधर बुक-बुक करनेवाली चक्कियाँ लग गईं और एकाध आरा मशीन। साहब लोगों का काम करनेवाली चाटुकार जाति का एक तबका और बढ़ गया। यह तबका अपने-अपने घरों पर हिन्दू-मुसलमान था, लेकिन साहब के सामने सिर्फ नौकर था। नए शहर से बाहर एक और नई बस्ती की नींव पड़ गई, जिसमें खुले हुए बँगले, कचहरियाँ, बाग, खेल के मैदान, जेल और दूसरे सरकारी दफ्तर बन गए। जनता के लिए शहर में जो सबसे बड़ी इमारत बनी—वह कोतवाली थी, जिसके बाहर चौबीसों घंटे सन्तरी पहरा दिया करते थे। इस इमारत और इसके भीतर चलनेवाले कारबार के बारे में लोगों के दिलों में एक खौफनाक डर समाया हुआ था।

लेकिन भीतर-भीतर एक आग भी सुलग रही थी। कुछ दबंग नौजवान कभी-कभी शहर में दिखाई पड़ते थे, जो छिप-छिपकर

लोगों से मिलते थे और अस्पताल के पासवाली गन्दी कोठरियों में बैठकर सलाह-मशवरा किया करते थे। उनके दिलों में क्या है, इसका पता किसी को भी नहीं था। हिन्दू और मुसलमान दोनों ही थे इस जत्थे में। उन नौजवानों की चाल में एक अजीब सी मस्ती थी और आँखों में अंगार धधकते थे...।

...कि तभी नदी के पुल के पास किसी साहब के मरने की खबर जंगल में आग की तरह छोटे-से शहर में फैल गई। दिन-दहाड़े किसी आदमी ने अंग्रेज पुलिस अफसर का खून कर दिया था...इन्तकाम की यह आग बहुत पहले से भड़क रही थी, यह उसका पहला विस्फोट था। राधेश्याम और यूनुस पकड़े गए थे। मुकदमे का नाटक हुआ और जेल में यूनुस को फाँसी दी गई। एक देशभक्त के खून से इस जेल का राजतिलक हुआ था। राधेश्याम को कालापानी भेज दिया गया, लेकिन इन ज्यादतियों के बाद भी जागरूक लोगों के हौसले पस्त नहीं हुए थे। वे छिप-छिपकर मीटिंगें करते और हिन्दू तथा मुसलमान दोनों ही मिलकर अंग्रेजों से नजात पाने की तरकीबें सोचते। शहर में कोई भी बहुत बड़ा नहीं था। छोटे-छोटे मकानों की बस्तियाँ थीं, ज्यादातर पेशों के हिसाब से मुहल्ले बँटे हुए थे।

शहर से थोड़ी-सी अलग बसी हुई यह बस्ती चिकवों की थी। देशी राज के दिनों में बड़े अच्छे हाल थे इन लोगों के। उसके बाद अंग्रेजी हुकूमत के तूफान को भी इन्होंने झेला और फिर खुशहाल हो गए।

सन् बयालीस के आन्दोलन में चिकवों के जवान लड़कों ने बड़ा ऊधम मचाया था। उन्हें नहीं मालूम था कि देश कैसे आजाद होगा, पर इतना उन्हें मालूम था कि कुछ करना चाहिए; और वे जो कुछ कर सकते थे, वह उन्होंने किया था।

जुम्मन साईं की कोठरी के सामने धूनी रमी रहती थी। अगरबत्तियाँ जलती रहतीं और लोबान का पाक धुआँ उठता रहता था। इक्के और ताँगेवाले, स्टेशन के कुली और छोटे दुकानदार वहाँ शाम को इकट्ठे होते और गप्पें लड़ाते।

इफ्तिकार कहा करता था—"जिन्ना साहब किधर से मुसलमान हैं, सुना नमाज तक नहीं पढ़ते।"

तभी साईं टोकता था, "तुझे क्या लेना-देना है ? तू अपना इक्का जोत।"

लेकिन बोलनेवाले बोलते रहते और साईं चुपचाप सुनता रहता।

और फिर सन् पैंतालीस का जमाना आया। एक बूँद खून नहीं गिरा, किसी मुहल्ले पर धावा नहीं हुआ। किसी ने किसी को नहीं मारा। किसी ने किसी को गाली तक नहीं दी। मस्जिदों में लड़ाई की तैयारियाँ नहीं हुईं। मन्दिरों में ईंट-पत्थर इकट्ठे नहीं हुए...जो रोज पिटते थे, उन्हें भी किसी ने नहीं पीटा।

लेकिन भीतर-भीतर एक भूचाल आया था। बड़ा भयानक भूचाल, जिससे बस्ती की चूल हिल गई थी। भीतर-भीतर सब कुछ बिगड़ गया था। दिली इमारतें ढह गई थीं। अपनेपन का जज्बा मर गया था। नफरत की आग ने इस बस्ती को निगल लिया था और यह भरी-पूरी चिकवों की बस्ती सबसे पहले उजड़ गई थी। पता नहीं, यह आग कहाँ छिपी हुई थी!

नफरत की इस आग की चिनगारियाँ बाहर से आई थीं—दूसरे शहरों, कस्बों और सूबों से।

बड़ी मनहूस रातें थीं। जैसे पूरी बस्ती को साँप सूँघ गया था। सब सबको पहचानते थे, पर सामने पड़ते तो अजीब हैरत और शक के अन्दाज में एक-दूसरे को देखते। मन में बैठे हुए शंकाओं के साँप भीतर-बाहर फुफकारने लगते थे और आँखों में अजनबीपन की चमक भर जाती थी।

...चिकवों की इस बस्ती में ही जुम्मन साईं की कोठरी और नसीबन की झोंपड़ी भी थी। ये दोनों तब भी यहीं थे और अब भी यहीं हैं। इनके अलावा गिरे और ढहे हुए मकानों के निशान बाकी रह गए हैं। जमीन वही है, पीपल और जामुन के पेड़ वही हैं...दूर, मैदान जहाँ नीचा होकर हरी पहाड़ियों पर फैल जाता है, वहाँ बेरियाँ हैं...टीलों के पीछे कमरख और आँवले का जंगल है, जहाँ बम्बा

बहता है; और ढलान से बाईं तरफ गहरा तालाब है जिसमें सुअर और भैंसें नहाती हैं।

पहले शहर से स्टेशन तक जानेवाली सड़क इधर से ही जाया करती थी। कंकड़ की सड़क पर पहिए किरकिराते हुए और गालियाँ बकते हुए इक्केवान इधर से ही गुजरते थे। साहबों की मोटरें भी सरसराकर गुजर जाती थीं, या कभी डाकबँगले में आकर रुक जाती थीं। तब यह डाकबँगला एक उदास गिरजे की तरह दिखाई पड़ता था। कभी-कभी कोई बड़ा साहब आकर ठहरता, तो लाल पगड़ियाँ दिखाई देने लगतीं। झाड़ियाँ साफ कर दी जातीं और बाहर एक पेट्रोमैक्स लटक जाता था।

आज भी सब कुछ लगभग वैसा ही है, जैसा आजादी के पहले था। सिर्फ इस बस्ती को उदासी ने जकड़ लिया है। ठहरी शामें होती हैं और रुका हुआ वक्त है।

इस उजड़ी हुई बस्ती से दूर-दूर तक का दृश्य दिखाई देता है। बहुत दूर पर धान-मिलों की पतली चिमनियों से रेंगता हुआ धुआँ आसमान के नीलेपन में खो जाता है। धान-मिलों के पीछे पजावे हैं, जिनमें ईंट पकती हैं। वे पजावे गोबर के बड़े-बड़े ढेरों की तरह सुलगते रहते हैं। उसके पीछे किसी गाँव की बस्ती है और हरे-भरे मैदान हैं। छतनार पेड़ हैं। कोई तालाब या दलदल भी है, क्योंकि उधर से सारसों की तेज आवाज की गूँज आती है या कभी-कभी जलपक्षी दलदल पर झुकते हुए नजर आते हैं।

एक सफेद मठिया भी चमकती है, जिसके ऊपर बाँस में अटका हुआ एक झंडा फहराता है। बाँस अब टेढ़ा हो गया है और झंडा फट गया है...ऐसा लगता है कि वह किसी हारे हुए योद्धा का निशान है। उस मठिया में एक मूरत रखी है, जिसे कोई पूजने नहीं जाता।

और इधर है स्टेशन और एक बरसाती गहरा नाला, जिसके पुल से रेल गुजरती है, तो लोहे की खोखली-सी आवाज आती है। स्टेशन पर तब कुछ चहल-पहल होती है। इक्के भरते हुए नजर आते हैं और

कुछ रौनक हो जाती है। आवाजें यहाँ से नहीं सुनाई पड़तीं। सिर्फ रेलगाड़ी की धमक का एहसास होता है।

स्टेशन के उस पार अब एक बस्ती और नजर आने लगी है और नसीबन स्टेशन के उस पार वाली बस्ती में चमकती बिजली की रोशनी की ओर देखती रहती है।

शहर भर में अगर कहीं बिजली थी, तो सिर्फ स्टेशन के पास वाली बस्ती में। आजादी के बाद भी यह शहर उदास और अँधेरा ही रहा। पर स्टेशन के उस पार पातालतोड़ कुएँ खोदनेवाले जर्मन कारीगरों का डेरा पड़ा हुआ है। जब से जर्मन कारीगर आए हैं तब से ऊसर आबाद हुआ है; कँटीली झाड़ियोंवाला ऊसर, जहाँ धरती के तन पर जगह-जगह सफेद चकत्ते पड़े हुए थे और ठूँठ उगे हुए थे। बरसात के बाद जब धूप चटखती थी और धरती में दरारें पड़ जाती थीं, तो बच्चे इस ऊसर के चक्कर पर चक्कर लगाते थे। छतरी लगाए सफेद कुकुरमुत्ते बीनते थे और लड़ते-झगड़ते लौटते थे।

नसीबन की आँखों के सामने सब दृश्य नाच जाते हैं। उस ऊसर में, जहाँ आज पातालतोड़ कुएँ खोदनेवाले जर्मन कारीगरों ने बिजली लगा ली और रावटियाँ खड़ी कर ली हैं, वहाँ वह बच्चों को खोजने जाया करती थी। जो रेल देखने जाया करते थे, बड़ा गुलगपाड़ा मचाते थे। मुसाफिरों को मुँह बिराते या ढेले फेंकते थे और प्लेटफॉर्म से बीड़ियों के नम्बर और सिगरेटों की पन्नियाँ बटोरकर लाते थे।

पर जब आज उस तरफ देखती है, तो वीरानी और बढ़ जाती है। वे सब बच्चे चले गए। अब कोई कुकुरमुत्ते बीनकर नहीं लाता। स्टेशन से बीड़ियों के नम्बर और सिगरेटों की पन्नियाँ बटोरकर नहीं लाता...।

और अब तो इस ऊसर में बिजली भी लग गई। एक नई जिन्दगी की झलक मिल रही है...लेकिन जब तक अपने कहे जानेवाले अपने पास न हों, नई जिन्दगी भी बहुत पुरानी और बोझिल लगती है। वही बोझ-सा था नसीबन के दिल पर...।

लेकिन जब से ऊसर आबाद हुआ है, जिले में मजदूरों की रोजी चमकी है। जैसे-जैसे काम बढ़ता जाता है, मजदूरों की खपत भी बढ़ती जाती है। बहुत से नए लोग जब इस छोड़े हुए रास्ते से गुजरते हैं तो नसीबन उन्हें देखती है। वे मजदूर हैं, जो पातालतोड़ कुएँ बनानेवाले कारीगरों के साथ काम करने आए हैं।

शाम गहरी हो रही थी, नसीबन की आँखें वहीं लगी हुई थीं—बिजली और नई-नई मशीनों के साथ यह कैसी जिन्दगी लौट रही है? यह नई जिन्दगी कैसी होगी? क्या यह वैसी ही बेफिक्री, गरीबी और मस्ती की जिन्दगी होगी? और होगी भी तो क्या? नसीबन तो एक छूटा हुआ किनारा है, जिस पर अब कोई लहर नहीं टकराएगी। उसका मन उदास हो गया था, तभी साईं ने कहा—"इतने बरस हो गए, इधर कोई नहीं आया...अब बच्चन भी क्या आएगा! सब वीरान हो गया, सब उजड़ गया।"

बच्चन का नाम सुनकर नसीबन की यादें और हरी हो आईं। धीरे से बोली—"साईं, धरती नहीं उजड़ती... ।"

सुनकर साईं अविश्वास से मुस्करा दिया।

नसीबन को कुछ गुस्सा भी आया। पर साईं से कहे भी क्या? वह फिर उधर रोशनी की तरफ ताकने लगी। सुरमई तम्बू चमक रहे थे। बड़ी-बड़ी मशीनें पहाड़ियों की तरह स्थिर खड़ी थीं। एक रावटी से धुएँ की लकीरें उठ रही थीं। उस धुँधली रोशनी में आदमियों की काली छायाएँ अकुलाती-सी घूम रही थीं। कभी रोशन। के बीच कोई आदमी आ जाता, तो उसकी पसीने से भीगी देह ओस भीगी लाट की तरह चमक उठती थी...पर वह सब इतना पराया था कि मन नहीं रमता था। नसीबन ने निगाह हटाई तो सड़क पर चली गई। वही वीरान सड़क जो डाकबँगले के पास से होती हुई उधर आती है और यहाँ से मुड़कर शहर की ओर चली जाती है, जिसकी पटरी की दुकानें उठकर अब नई सड़क पर चली गई हैं।

लेकिन वीरान सड़क पर सात-आठ छायाएँ इधर ही आ रही थीं...नसीबन ने देखा, वे छायाएँ सचमुच ही इधर ही आ रही थीं, पर

इस बस्ती में अब कौन आएगा? यह उजड़ी बस्ती! और फिर इस वक्त कौन आएगा यहाँ; राहगीर होंगे, अपने रास्ते चले जाएँगे...।

सन् सैंतालीस में पाकिस्तान बना और यह चिकवों की बस्ती अपने-आप उजड़ गई। ताँत के सितार पर उभरनेवाले शाम के गीत डूब गए—'मेरे मौला मदीने बुला ले मुझे...।'

वह सत्तार गाया करता था। सत्तार, जो पहले सर्कस कम्पनी में घोड़ों की जीन कसा करता था और बहुत बढ़-चढ़ के बताया करता था—"खुदा कसम, क्या जिस्म होते हैं सर्कस की लड़कियों के...ताँत की तरह कसे हुए और चुस्त। एक से आँख लड़ी थी अपनी...सीलोन की लड़की थी। ड्रेस पहनती थी तो कहती थी—'सत्तार प्यारे, जरा तनी तो बाँधना।' खुदाकसम जिन्दगी तो वही थी।"

लेकिन वे कहानियाँ खो गईं। पाकिस्तान क्या बना, सब बिखर गया। आदमी के हौसले बिखर गए, मन की मुरादें टूट गईं, दिलों के रिश्ते खत्म हो गए...।

इस बस्ती के चिकवे भी पाकिस्तान जाने के हौसले से भागे थे। पर गरीबी आड़े आ गई थी, इसलिए सूबा भी पार नहीं कर पाए। जिले में इधर-उधर बिखर गए। लेकिन यहाँ कोई लौटकर नहीं आया...पता नहीं, अब यहाँ के लोग कैसा सलूक करें? बस्ती में रहने दें या न रहने दें। आखिर हिन्दुओं का शहर है...।

और हिन्दुओं में से सिर्फ बच्चन रह गया था, बस्ती में। लेकिन एक दिन वह भी घबराकर लापता हो गया। वे बीते हुए दिन भी कैसे थे...।

साईं की कोठरी ही बस्ती की सबसे रौनकदार जगह थी और जुम्मन साईं ही इस बस्ती के सभी झगड़ों का निपटारा किया करता था। सत्तार और सलमा का मामला इसने निपटाने की कोशिश की थी। यूँ साईं दुनिया की बातों से बहुत दूर होने का नाटक करता था, पर भीतर ही भीतर वह उसी में रमा हुआ था। उसकी सुरमा लगी आँखें बाज की तरह तेज थीं। वह हर तरफ निगाह रखता था।

सत्तार किसी दूसरे कस्बे से आया था। शहर में साईं से उसकी मुलाकात हुई थी। वहीं से साईं उसे इस बस्ती में ले आया था, रास्ते में ही सत्तार ने कहा था—"लगता है, अब अपना पाकिस्तान बन जाएगा...शायद एक बेहतर जिन्दगी मिले मुसलमानों को...यहाँ तो बड़ी गरीबी है, न करने को काम है, न रहने की जगह!"

और मस्जिद की बाहरवाली एक कोठरी में सत्तार को रहने की जगह मिल गई थी। नसीबन ने इस नए नौजवान को देखा, तो साईं से पूछा था—"यह कौन है?"

"बड़ा समझदार और खुदा से डरनेवाला आदमी है, नाम सत्तार है। एक सर्कस में काम करता था, अब छोड़कर चला आया है। कुछ अपना काम शुरू करना चाहता है।" सुनकर नसीबन ने गहरी नजरों से साईं को देखा था, जैसे वह सब जानती हो कि यहाँ आकर वह कौन-सा काम शुरू कर सकता है।

लेकिन बस्ती के लड़कों से सत्तार का मेल-जोल हो गया था। वह उन्हें ताश के खेल और जादू के करिश्मे दिखाता था। लड़के उसके मुरीद हो गए थे क्योंकि वह हथेली में रखा हुआ पैसा गायब कर देता था और चाहने पर बहुत-से पैसे मँगा लेता था। बच्चों के लिए सबसे अचरज की बात यही थी।

और जुम्मन साईं के कान खड़े हो गए थे जब उसने सुना था कि सत्तार और सलमा में ताक-झाँक चल रही है। वे एक-दूसरे को इशारे करते हैं और सलमा जब अस्पताल की तरफ जाती है, तो सत्तार कुछ दूर पीछे-पीछे जाकर उसके साथ हो लेता है।

वैसे भी बाप का खौफ सलमा को नहीं था, क्योंकि वह जनाने अस्पताल में डॉक्टरनी की निजी नौकरानी थी और खुद कमाती थी। साईं ने एक रोज खुद ही पीछा किया तो सत्तार ने ताड़ लिया था। वह कतराकर दूसरी तरफ चला गया था। सलमा के मुँहफट होने के कारण साईं की हिम्मत नहीं पड़ती थी कि उसे बुलाकर कुछ कहे। सलमा अपने आदमी को पाँच बरस पहले छोड़कर चली आई थी और तब से यहाँ अपने बाप के पास रह रही थी।

सलमा के मकान के पास ही उधर पीपल के सामने एक पुराना मकान था, जिसकी तीन कोठरियों में दो गिरी हुई थीं। कच्चा मलबा और टेढ़ी धन्नियाँ नीचे पड़ी थीं और कोठरी में मकड़ियों के जाले लगे हुए थे।

उस मकान में कोई भी घुसने की हिम्मत नहीं करता था। जानू कसाई ने अपनी बेवफा औरत का कत्ल वहीं किया था और खुद कालेपानी की सजा काट रहा था। लोगों के खयाल से जानू की बीवी की प्यासी रूह वहाँ भटकती थी।

जब भी तेज हवा चलती तो वह ढहा हुआ मकान बेहद खौफनाक हो जाता था।

एक शाम...बस्ती में दीये जल गए थे। सलमा अस्पताल से लौट आई थी। सत्तार अपनी कोठरी में बैठा था। पूरी बस्ती बड़ी उदास थी कि जोर से हवा चलने लगी। जानू के मकान के सामने वाला पीपल भूतों की तरह हँसने लगा। कुछ ही देर बाद बारिश होने लगी।

पानी बरसने का शोर चारों तरफ भर गया—बरसते और कच्ची गलियों में बहते पानी का शोर! मिट्टी कट-कटकर बहने लगी। टाट के पर्दे भारी होकर ज़िरहबख़्तर की तरह झूल गए और घरों के दियों की रोशनी काँप-काँपकर बुझने लगी...।

और तभी जुम्मन साईं की बाज जैसी तेज आँखों ने देखा—मस्जिद की कोठरी से निकलकर सत्तार उधर पीपलवाली गली में जा रहा था। फिर वह जानू वाले भुतहा मकान में घुस गया था। साईं की आँखें फटी रह गईं।

और तभी तेजी से एक औरत उसी मकान में दाखिल हो गई थी।

और उसी क्षण तेज बारिश का जाल तेज हवा के साथ उस मकान और पीपल पर होता हुआ निकल गया।

साईं को लगा कि जानू की बीवी की रूह सत्तार से इश्क कर रही है और जब उस रूह का मन भर जाएगा, तभी खिला-खिलाकर मार डालेगी।

बारिश में बुरी तरह भीगता और सर पर बोरा डाले हुए बदरी आया। उसकी आँखों में आग और आश्चर्य था। साईं की कोठरी में अब भी धुआँ ठहरा हुआ था। भीगा हुआ बोरा लकड़ियों पर डालते हुए वह एकदम बोला—"गजब हो गया साईं! अब बस्ती में ये हरकतें होंगी? वह तुम्हारा सत्तार...।"

साईं बीच में ही बोला—"किस्मत है सत्तार की, अच्छा-खासा नौजवान है...जानू की बीवी की रूह का मन उस पर आ गया है...और रूहों के बारे में साईं भी कुछ नहीं कर सकता। रूहों की जिन्दगी में मैं दखल नहीं देना चाहता...।"

बदरी ने सुना तो जोर देकर बोला—"साईं, वह रूह नहीं, हाड़-मांस की सलमा थी। मैंने अपनी आँखों से देखा है, इन्हीं आँखों से। हम लोगों के रहते अगर यह होगा, तो लानत है हम पर...।"

"हैं!" साईं को लगा कि बात ठीक है। यह उसका भ्रम ही था कि रूह आई थी। सलमा और सत्तार जरूर यह मौका पाकर उस मकान में गए होंगे।

और सुबह ही साईं की कोठरी पर पेशी हुई। यही रस्म थी इस बस्ती की। गफूर, बच्चन, बदरी, जाफर मियाँ के साथ ही नसीबन भी मौजूद थी। सत्तार एक तरफ बैठा बीड़ी पी रहा था। सलमा और सलमा के अन्धे बाप का इन्तजार था। साईं अपनी मूँगे की माला फेर रहा था। आँखों में सुरमे की ज्यादती से एक अजीब उनींदापन भरा हुआ था। उँगलियों में पड़ी हुई चाँदी की अँगूठियों के नग मेढक की आँखों की तरह उभरे हुए थे।

तभी ओढ़नी डाले हुए सलमा आई।

साईं ने सुर देखा और तसबीह फेरते हुए कुछ बुदबुदाया। एक चुटकी लोबान उसने धूनी में डाला और जैसे धुआँ पीता हुआ बोला—"सत्तार! तुम इसे पहचानते हो?" उसका इशारा सलमा की तरफ था। सत्तार कुछ घबरा गया। उसने बीड़ी जूते से दाबकर बुझा दी और धुआँ उगलते हुए बुदबुदाया—"सभी पहचानते हैं।"

सलमा मुस्कराई।

साईं नाराज हुआ—"बात बनाने की जरूरत नहीं है, जो पूछता हूँ उसका सीधा-साधा जवाब दो।"

सत्तार ने गहरी साँस खींची, बोला—"मेरी समझ में कुछ नहीं आता कि मुझसे लेना-देना क्या है? मुझसे ये सवाल क्यों पूछे जा रहे हैं?"

साईं का पारा और चढ़ा। बदरी ने सोचा, अब जाल कसेगा। नसीबन गहरी नजरों से सलमा को ताक रही थी। साईं ने एक चुटकी लोबान आग पर फिर डालते हुए पूछा—"तुम इससे मिलते-जुलते हो?"

तभी सलमा की आवाज आई—"यह सब मुझसे पूछिए। मेरे बारे में बात पूछनी है तो मैं खुद हूँ जो पूछिए, उसका जवाब मैं दूँगी।"

"तू ही बता, इसे जानती है?" साईं ने और भी गुस्से से पूछा।

"खूब अच्छी तरह, और पूछिए।" सलमा ने जवाब दिया।

"तू इसके साथ...मेरा मतलब है कि उस भुतहे मकान में कल रात तू इसके साथ...यानी..." साईं बात नहीं कह पा रहा था।

सलमा ने नजर भर सत्तार को देखा और बोली—"मैं बताए देती हूँ...मैं इसके साथ भुतहे मकान में गई थी..." कहते-कहते उसकी आवाज कुछ भारी हो गई थी और गला रुँधने-सा लगा था।

"क्यों गई थी?" साईं ने कड़ककर पूछा।

"मिलने...।" सलमा ने साफ-साफ कहा, पर उसकी आँखों में आँसू तैर आए थे, जैसे कहीं भीतर उसने कोई बात बड़ी गहराई से महसूस की हो। बेइज्जती की भनक भी साईं की बात में थी, पर जिस तरह बेहिचक उसने जवाब दिया था, उससे सभी के चेहरे फक रह गए थे।

नसीबन भी हैरत से सलमा को देख रही थी। सलमा की साफबयानी से साईं की जो बेइज्जती हुई थी उससे नसीबन भीतर ही भीतर बेहद खुश हुई थी।

साईं हताश था, लेकिन अपनी बेइज्जती वह कबूल नहीं कर पा रहा था। भीतर-भीतर भयंकर बदले की आग धधक उठी। सत्तार को उसने तेज नजरों से देखा और बोला—"तुम वह कोठरी खाली कर दो।"

"क्यों?" सलमा ने आँखें पोंछकर कहा।

"मैं कह रहा हूँ।" साईं चिढ़कर बोला।

"ठीक है, खाली कर देंगे।" सलमा ने ही जवाब दिया और वह घुटते हुए लोबान के धुएँ के घेरे से बाहर हो गई। वह उठकर बाहर चली गई। सत्तार अब भी चुप बैठा हुआ था। सलमा को जाते देखकर वह भी उठा तो साईं ने उसे रोका—"तुम अभी रुको।"

"रुक के क्या करूँगा?" कहता हुआ वह भी बाहर निकल गया। छोटी-सी महफिल पर सन्नाटा छा गया। तभी वातावरण के भारीपन को चीरती हुई नसीबन की आवाज सुनाई दी—"इस सबसे क्या फायदा हुआ साईं?"

"तू अपना काम देख।" साईं ने उसे दुत्कार दिया।

"सारी दुनिया की जिम्मेदारी क्यों ओढ़ ली है तुमने साईं? जिसके जो मन आता है, करने दो...तुम टाँग क्यों अड़ाते हो?" कहती हुई नसीबन खड़ी हो गई।

और अब—जब नसीबन साईं को देखती है तो उसे लगता है कि यह बूढ़ा साईं भी बहुत नासमझ है। यह क्यों नहीं समझता कि जिन्दगी आखिर जिन्दगी है, वह उसकी बनाई लकीरों पर चलनेवाली मुर्दा चीज नहीं।

सत्तार और सलमा का यह किस्सा बस्ती में धीरे-धीरे फैल गया था। जितना यह किस्सा फैलता जाता था, साईं अपने को छोटा महसूस करता जाता था। पर उसका वश नहीं चल रहा था। सत्तार ने कोठरी भी खाली नहीं की थी और सुना था कि उसे जनाने अस्पताल में दरबान की जगह मिल गई। वह सुबह निकल जाता तो रात को ही लौटता था।

पर इधर पिछले कुछ हफ्तों से नसीबन देख रही थी कि सत्तार बहुत उदास रहने लगा था, आखिर जब उससे नहीं रहा गया तो एक दिन जाकर नसीबन ने ही बात शुरू की—"सुना, तुम नौकर हो गए हो?"

"हो गया था, पर निकाल दिया गया...आजकल कुछ भी नहीं कर रहा हूँ...।" सत्तार ने भारी आवाज में कहा।

"ऐसी क्या बात है ?" नसीबन ने प्यार से पूछा था।

"कुछ भी नहीं...बस, यूँ ही मन नहीं लगता। समझ में नहीं आता, कहाँ चला जाऊँ ? यह बस्ती छोड़कर कहाँ किनारा कर लूँ!" सत्तार बोला था।

"सलमा से लड़ाई हो गई है ?" नसीबन ने पैनी नजर से उसके भाव पढ़ते हुए पूछा था।

"लड़ाई तो नहीं, पर उसका घरवाला आ रहा है।" सत्तार ने बताया था।

"तो तू इतना परेशान क्यों है ? सलमा क्या कहती है ?" नसीबन ने पूछा, पर उसे लग रहा था कि सब पूछकर भी वह कुछ कर नहीं पाएगी। लेकिन दुनिया में बहुत से ऐसे जख्म होते हैं जिनका मरहम बात कर लेना ही होता है।

लेकिन सत्तार को सलमा की बेवफाई मारे डाल रही थी। वह इसे बेवफाई ही समझता था। सलमा अपने घरवाले से तलाक भी ले सकती थी और बाकी जिन्दगी सत्तार के साथ गुजार सकती थी। चार गवाहों को वह कहीं से भी ले आता, लेकिन ऐसा कुछ भी नहीं हुआ। उसने सलमा को बहुत उकसाया कि वह तलाक ले ले, पर न जाने क्यों वह राजी नहीं हुई।

साईं के चेले कहते थे कि यह साईं की हिकमत का जोर है। साईं के पास सलमा का दिल बदल देने के अलावा और कोई चारा नहीं था। वही साईं ने किया था।

और सलमा के घरवाले मकसूद के साथ ही एक और आदमी भी उस बस्ती में आया था। वह अलीगढ़ का रहनेवाला था और अपने को सियासी कारकुन कहता था।

और जब उस सियासी कारकुन ने देखा कि इन चिकवों की बस्ती में कोई सनसनी नहीं है, तो उसके दिल को चोट-सी लगी थी। वह कारकुन सोच नहीं पा रहा था कि ये चिकवे दुनिया की

खबरों से इतने अलग-अलग कैसे रह रहे हैं, इन्हें यह भी नहीं मालूम कि मुल्क में क्या हो रहा है...कि मुसलमानों को एक नया मुल्क मिलनेवाला है, जिसके लिए जद्दोजहद चल रही है।

जब वह देखता कि मस्जिद में मकतब लगता है और मन्दिर की चहारदीवारी में पाठशाला जमती है और सब कुछ बदस्तूर चला आ रहा है तो वह सह नहीं पाता था...।

और सचमुच तब इस बस्ती की और ही फिजा थी। मुसलमान चिकवों के लड़के मस्जिद के मकतब में नरकुल की तरह हिल-हिलकर कुरानपाक की आयतें रटते और पाठशाला में सन्तरी की तरह खड़े होकर बच्चे प्रार्थना करते और पहाड़ा दुहराते।

छुट्टी होने पर तख्तियों, पटरियों और बस्तों से बेपनाह मार-पीट होती। बुदक्के फूटते, खड़िया से नाक-मुँह रँग जाता या फिर तख्ती, बस्ते वगैरह सब एक जगह इकट्ठे होते, एक-दो पहरेदार उन पर तैयार रहते और बाकी सब गोल बनाकर पजावे के पीछे वाली बेरियों पर धावा बोल देते। दूसरे रोज रखवाले की शिकायत पर इधर हमीद मुर्दा बना नजर आता, उधर किसनू की पीठ पर ताबड़तोड़ घूँसे बजते होते।

जुम्मन साईं लम्बा चोगा पहने, वीतराग-सा गली से होता हुआ शहर की ओर चला जाता। महमूदा का अब्बा बैठा सूप बनाता रहता, नाजिर का दादा पैर से छुरी दाबे खाल की डोरी काटता रहता। गली के हर छप्पर से बकरियों के मिमियाने की आवाज आती और भेड़ों या बकरियों की खालें लटकी हुई सूखती रहतीं।

गली के मोड़ पर ही बच्चन का घर पड़ता था। वह जंगल से बाँस काटकर लाता था। गली में ही आग जलाकर वह बाँसों के मोड़ सीधे करता। कभी-कभी बाँस पटाखे की तरह बजता था तो गली के लड़के बड़ा शोर मचाते थे—"बन्दूक चली।"

और गली से बाईं ओर ही दिलावर मेले-तमाशों में बेचने के लिए डुगडुगिया या चिकारों के खोल खाल से मढ़ता रहता था। जब वह चिकारे तैयार कर लेता था तो बड़ी प्यारी फिल्मी धुनें बजाता था... ।

रोजाना यह सब देखते हुए साईं निकल जाता था। यही एक बस्ती ऐसी थी जिसमें नई तामीरें नहीं हो रही थीं। सब जैसे के तैसे रहते आ रहे थे और अपने कटोरे में पैसे खटकाता हुआ और तूँबी लिये हुए जब वह लौटता तो जैसे शहर-भर का दर्द बटोर लाता।

इस बस्ती के लोगों के लिए किसी की पैदाइश का दिन खुशी का दिन और मौत का दिन गम का दिन था। वे दुनिया में रहते थे क्योंकि उन्हें रहना था, वे काम करते थे क्योंकि उन्हें काम करना था, वे जीवित थे क्योंकि उन्हें जिन्दा रहना था।...

और इसलिए जुम्मन साईं की कोठरी के पास आध्यात्मिक शान्ति के लिए स्टेशन के कुलियों और इक्केवालों का जमघट भी होता। बीड़ियाँ फुँकतीं और चिलमें सुलगतीं ? इक्केवाले ज्यादातर मुसलमान थे और कुली हिन्दू, पर उनमें कहीं भी फरक नहीं था। सब पर जमाने की मार थी, सबके नासूर एक-से रिस रहे थे और सबके मसले समान थे। उन्हें धर्म-चर्चाओं से मतलब नहीं था, पर इससे मतलब जरूर था कि धर्म उन जैसे बदनसीबों के लिए क्या कहता है ? वे सब ऐसे बैठ जाते जैसे मातम मनाने आए हों। गाड़ी आने का वक्त होता तो एक-एक कर सब उठकर चले जाते।

छोटे-छोटे झगड़े-टंटों के साथ वहाँ की जिन्दगी चलती थी। कभी-कभी हफ्तों बीत जाते और कोई बात न होती। सत्तार भी गफूर के साथ-साथ जानवर कमाने लगा था। अब कसाई घर तक जाने का काम वही करता। बकरे पर नम्बर लेता और पर्ची के साथ गोश्त बाजार में पहुँचा देता। त्योहारों पर वह बिना लाइसेंस के ही घर पर चोरी-छुपे कमा लेता और बड़े आराम से रास बाजार में पहुँचा देता।

सत्तार को जैसे जानवर मारने में मजा आने लगा था। वह सलमा का पीछा अब भी करता। सलमा भी कभी-कभी आँख छुपाकर

उससे बात कर लेती। गोश्त बाजार से वह लौटता तो जनाने अस्पताल के फाटक के पास कुछ देर जरूर बैठता। जिन दिनों वह वहाँ काम करता था, तब कुछ लोगों से जान-पहचान हो गई थी। खास-तौर से रतन से। रतन की साइकिल मरम्मत की दुकान थी, फाटक के पास। गाँव से साइकिलों पर आनेवाले लोगों से वह मरम्मत के बदले में घी या दूध भी लेता था। उसे चरस का शौक था और अपनी काठ की दुकान में उसने सिनेमा स्टारों की तस्वीरें चिपका रखी थीं। उन तस्वीरों के गले में ट्यूबों की लम्बी-लम्बी मालाएँ पड़ी थीं।

उस दिन गोश्त बाजार से लौटकर सत्तार उसी की दुकान पर बैठ गया। रतन ने हाथ का काम रखते हुए पूछा—"क्यों, कब से मुलाकात नहीं हुई... ?"

"मुलाकात! अब वो मुलाकात करना नहीं चाहती।" सत्तार ने सीधे से जवाब दे दिया।

"तो जबर्दस्ती कर लो...डर काहे का! इधर से रात को लौटती है, रास्ते में पकड़कर मुलाकात कर लो...आखिर कहती क्या है?" रतन ने बीड़ी सुलगा ली थी।

"यही कहती है, तुम्हारा खयाल मुझे हर वक्त रहता है। जब भी अकेले बैठती हूँ; तुम्हारे बारे में सोचती हूँ..." गहरी साँस लेकर सत्तार ने आगे कहा—"पर उसके रंग-ढंग समझ में नहीं आते! एक तरह से सोचता हूँ तो ठीक भी लगता है। उसका आदमी आ गया है, अब उसे मेरी जरूरत नहीं है। और हो भी क्यों? लेकिन समझ में नहीं आता कि मैं क्या करूँ?"

"उसका आदमी क्या करता है?" रतन ने पूछा।

"फिरोजाबाद के चूड़ी कारखाने में कारीगर है।" सत्तार ने बताया—"कुछ दिन रहकर फिर चला जाएगा।"

"तब काहे को परेशान है? वह फिर रास्ते पर आ जाएगी।" रतन ने भेद से कहा और सत्तार के चेहरे की ओर देखने लगा। सत्तार के मुख पर अनेकों भाव आ-जा रहे थे और उसके सामने वे दृश्य घूम रहे थे जिनमें कहीं न कहीं सलमा जरूर थी।

और एक दिन अस्पताल के फाटक पर सत्तार को देखकर सलमा भागी-भागी आई थी और सिर्फ इतना ही कहकर चली गई थी कि कल रात मुझे पीपल वाले घर में मिलना...एक अजीब सपने की तरह सब एकाएक गुजर गया था। धीरे-धीरे वह अस्पताल से लौटा था और अपनी गुमटी में चुपचाप बैठ गया था।

वह यही सोचता रहा था कि कोई खास बात जरूर है, नहीं तो सलमा इतनी उदास न होती; और शायद उसे इस तरह कल रात का बुलावा न देती।

दिन-भर वह इसी इन्तजार में रहा कि कब रात हो और कब वह सलमा से मिले। मस्जिद वाली कोठरी में वह यही सोचता पड़ा रहा था। उसे लगता था कि अभी तक सलमा को उसने अच्छी तरह भर-आँख नहीं देखा है। रात वह उसे कच्चे आँगन में फैली चाँदनी में घसीट ले जाएगा...आसमान में बादल हुए तो भी चाँद का फूटता हुआ उजास तो होगा, उसी में वह सलमा को बहुत-बहुत प्यार करेगा। कोठरी में लेटे-लेटे वह सलमा के बार-बार देखे हुए चेहरे की याद करता तो लगता जैसे कुछ भी याद नहीं। वह झुँझला उठा था...।

सीलन-भरी कोठरी में उसका दम घुटने लगा। अभी तो रात में बहुत देर बाकी थी। अभी तो शाम भी नहीं हुई थी। शाम के बाद रात होगी। बस्ती के कच्चे घरों में पकते खाने की महक आएगी और बातचीत की आवाजें देर तक आती रहेंगी। फिर कोई गली में अपने लड़के को खोजता हुआ और गालियाँ देता हुआ निकलेगा और पीटते-पीटते लड़के को घर पकड़ ले जाएगा। कुछ देर बाद एकाध घरों से बरसात में फूले हुए किवाड़ों के बन्द होने की चरमराहट आएगी। फिर टाट के पर्दों से छनकर आती हुई चिरागों की रोशनी गुल होगी और तब पास से पुल से गुजरती हुई ट्रेन की खड़खड़ाहट आएगी। धीरे-धीरे स्टेशन का शोर डूब जाएगा और बस्ती नींद में खो जाएगी।

यही सब सोचते-सोचते वह कोठरी से बाहर निकल आया था। कुंडी चढ़ाकर वक्त काटने के लिए वह रेल के पुल की ओर चला

गया था। वहाँ चट्टानों पर बैठे-बैठे वह दिन ढलने का इन्तजार करता रहा...जब मन ऊब गया तो लौट पड़ा। कोठरी तक वापस आते-आते उसे लगा जैसे अँधेरा एकाएक जल्दी से उतर आया हो। मन को बड़ी राहत मिली...और फिर जैसा उसने सोचा था, वैसा ही होता गया।...कोठरी में लेटे-लेटे उसके कान वक्त बीतने की सब आहटें सुनते रहे...सब आहटें आती रहीं और फिर सब आवाजें और आहटें डूब गई थीं। यह कब हुआ उसे पता नहीं चला...।

और जब उसकी आँख खुली तो चौंककर उसने देखा...शायद चाँदनी फैली थी...तभी अजान की आवाज कानों में पड़ी—सुबह हो चुकी थी। रात भर वह सोता ही रह गया था।...यह हुआ क्या? वह समझ ही नहीं पाया। यह कैसे हुआ और क्यों हुआ? वह कतई विश्वास नहीं कर पा रहा था कि रात बीत चुकी है और वह कोठरी में ही सोता पड़ा रहा है। हड़बड़ाकर वह बाहर निकला, गली से होता हुआ सीधा सलमा के घर की तरफ गया...दरवाजा बन्द था, कोई आवाज नहीं आ रही थी। सिर्फ अजान की तैरती हुई पुकार मस्जिद से आ रही थी।

बहुत पछतावा हुआ उसे। किस नशे में वह सोता रह गया। सलमा जरूर आई होगी और इन्तजार करके लौट गई होगी। क्या सोचा होगा उसने? मिलेगी तो क्या बताएगा? और बताएगा भी तो वह यकीन नहीं करेगी...लेकिन वह मिले तो...।

और उसी रात के बाद सलमा बदल गई थी। साथ ही दूसरे दिन सत्तार को अस्पताल की नौकरी से जवाब मिल गया था।

उन्हीं दिनों आजादी का आन्दोलन देश-भर में जोर पकड़ रहा था। शहर में कुछ ऐसे लोग भी थे, जो राजनीति में भाग लेते थे और जिनकी जबान पर गांधी, नेहरू और जिन्ना का नाम बार-बार आता था। यह ऊपरी तबका था, जो नीचे के लोगों से मिलता-जुलता नहीं था, सिर्फ नीचे तबके वालों में उनकी शोहरत पहुँचती थी। चिकवों की इस

बस्ती के लोग सिर्फ यह जानते थे कि फलाने डॉ. भगवानदास हैं और वह जो खादी की धोती पहनते हैं—वो गुप्ता जी हैं।

सही बात यह थी कि उन्हें मालूम ही नहीं था कि आजादी कहाँ मिलती है? वह किसके पास है और उसे कौन देगा? लम्बी पराधीनता के बाद उन्हें सिर्फ यही मालूम था कि अंग्रेजों ने हमारे देश का सारा धन लूट-लूटकर विलायत पहुँचा दिया है और हम गरीब हो चुके हैं। अब वह पीढ़ी सामने आ चुकी थी, जिसने यह नहीं देखा था कि 1857 में उन्हीं के पुरखों ने आजादी को बनाए रखने के लिए अपना खून बहाया था। उन्हें केवल यही पता था कि हम गुलाम हैं और गुलामी की वजह से गरीब हैं।

सन् बयालीस के आन्दोलन ने उनकी आँखें खोल दी थीं...और उन्हें लगा कि कुछ हो रहा है। शहर-भर में अजीब-सी सनसनी थी। यों साईं राजनीति और राजनीतिक बातों में दखल नहीं रखता था, पर उसने ही जाकर तब बताया था कि गांधीजी ने अंग्रेजों से कहा है कि वे हुकूमत छोड़ जाएँ और अपने देश चले जाएँ।

लोगों ने सुना था तो बात बहुत समझ में नहीं आई थी। जाफर मियाँ बोले थे-- "तो पुलिस भी बदल जाएगी?" उनके लिए यही सबसे बड़ा सवाल था, क्योंकि जब भी शहर में कोई चोरी-चकारी होती तो पुलिस वाले जाफर को जरूर घेरते थे। बदरी ने भी सवाल किया था, "क्या अंग्रेज इस तरह चले जाएँगे?" तो साईं ने अपनी अक्ल से बताया था कि यह सब इतना आसान नहीं है...देखो, क्या होता है? और बात उस वक्त वहीं रुक गई थी, लेकिन बस्ती के जवान लड़कों को जैसे ही खबर मिली, वे शहर पहुँचे और हंगामा खड़ा कर दिया। ठीक-ठीक उन्हें भी नहीं मालूम था कि ये सब तोड़-फोड़ क्यों कर रहे हैं, लेकिन उनके पास एक ही जवाब था— "डॉ. भगवानदास को पुलिस ने क्यों पकड़ा? हम आजादी लेंगे...पुलिस राज हटाएँगे...।"

एक अजीब सनसनी थी और उस सनसनी में आजादी की भनक थी। सुभाषचन्द्र बोस के किस्से थे।

शहर का बाजार बन्द था, दुकानों के बाहर लोग बैठे थे। कचहरी, कोतवाली और तहसील पर पुलिस की तैनाती की वजह से लग रहा था कि कुछ होने वाला है...नीचे के तबके में धीरे-धीरे एक ही बात फैल रही थी—सुभाष बोस अपनी फौज के साथ कलकत्ता पहुँच गए हैं। कलकत्ता में अंग्रेजों को उन्होंने मार भगाया है और उनकी फौजें जय हिन्द का नारा लगाते हुए दिल्ली की तरफ बढ़ रही हैं...।

जिस वक्त डाकखाना जलाया गया, तब रात हो रही थी...लपटों की रोशनी चारों ओर फैल रही थी। लोगों के दिलों में खुशी भर रही थी क्योंकि इन्तकाम का सन्तोष छोटा नहीं होता। जाती हुई रेलगाड़ियों पर पत्थर फेंकने के लिए लड़कों की कतारें रेलवे लाइन के आस-पास खड़ी रहती थीं। गलियों में गरम-गरम बहसें होती थीं और बाजार में सन्नाटा छाया रहता था। एकाएक सन्नाटे को चीरती आवाजें आती थीं और किसी सरकारी इमारत से लपटें फूटने लगती थीं। अंग्रेजों ने जो नई बस्ती बसाई थी, उसमें बहुत कड़ा पहरा था, उधर जो भी जाने की हिम्मत करता, गिरफ्तार कर लिया जाता, लेकिन गिरफ्तारियाँ लोगों के उत्साह को नहीं रोक पाई थीं। तार काट दिए गए थे और कुछ इमारतों की दीवारों को तारकोल से काला कर दिया गया था।

ऊपर से यह सब एक जुनून ही लगता था...क्योंकि आन्दोलन को चलानेवाले नेता लोग जेलों में बन्द थे और उनकी गैरहाजिरी में जो जिसकी समझ में आ रहा था, कर रहा था, लेकिन इस जुनून और तोड़-फोड़ के पीछे आजादी की भावना का दौर-दौरा था। पूरा शहर इसमें शामिल था। यहाँ तक कि पुलिस भी खड़ी-खड़ी देखती रहती थी।

चिकवों की बस्ती में नौजवान लड़के उन दिनों सीना फुलाकर घूमते थे, क्योंकि उन्होंने तोड़-फोड़ में हिस्सा लिया था। साईं को यह सब बुरा लगता था, वह कहता था—"हमें क्या मिलना-मिलाना

है? यह सब तो औरों के लिए है।'' लेकिन सत्तार भीतर-भीतर बड़ी-बड़ी साजिशें करता रहा। किसी ने तो यहाँ तक कहा कि नदी के पुल पर सत्तार छुरी छुपाकर बैठता है...और इस इन्तजार में रहता है कि कोई अंग्रेज उधर से निकले तो मार दे, लेकिन उसके हाथ कोई शिकार नहीं आया।

सलमा ने जब यह सुना तो दिल दहल गया। सत्तार यह क्या करना चाहता है...कहीं किसी अंग्रेज ने पिस्तौल चला दी तो क्या होगा? बड़ी परेशानी थी उसे। उसका घरवाला मकसूद दिन भर घर में पड़ा रहता था, इसलिए कहीं निकल भी नहीं पाती थी और मकसूद का दोस्त, जो कि अपने को अलीगढ़ का सियासी कारकुन बताता था, वह भी दिन-भर खाता और पड़ा रहता था। सलमा बहुत बेताब थी, लेकिन कोई चारा नहीं था। आखिर हारकर वह रतन की दुकान पर पहुँची थी, यही आसान तरीका था, क्योंकि वह अस्पताल आती ही थी और रतन की साइकिल की दुकान ऐन फाटक पर थी। रतन ने सलमा को अपनी दुकान पर देखा तो चौंक उठा। इतने बरसों में कभी सलमा ने उसकी दुकान की तरफ नजर भी नहीं उठाई थी। वह लपककर आ गया, ''क्या है?''

''सत्तार का कुछ पता है?'' सलमा ने पूछा।

''देखा तो था...'' रतन ने हकलाते हुए कहा।

''मिले तो कह देना, मैं पूछ रही थी।'' इतना कहकर सलमा ड्यूटी पर चली गई थी, लेकिन सत्तार फिर सलमा से नहीं मिला। रतन ने कहा तो उसने बस यही जवाब दिया—''अब मिलकर क्या करूँगा...उससे कहना जब मर जाऊँ तो मेरी कब्र पर मिलने चली आए, वहीं मुलाकात होगी।''

सत्तार पड़ा-पड़ा यही सब सोच रहा था कि कोठरी के दरवाजे पर किसी की आहट हुई। बाहर निकलकर देखा तो नसीबन थी। सत्तार एकदम बोला—''अरे, नसीबन बुआ तुम?''

''तेरा दिमाग खराब हो गया है क्या?'' नसीबन ने कहा।

''आखिर कोई बात भी हो!'' सत्तार ने पूछा।

''काहे को जान देने को घूम रहा है—सुना, नदी के पुल पर जाकर बैठता है... ।'' नसीबन कह ही रही थी कि सत्तार ने बाँह पकड़कर उसे भीतर कोठरी में बैठा लिया और बोला—''हाँ, बैठता तो हूँ...''

''तेरा इरादा क्या है?'' नसीबन ने बात काटकर प्यार से झिड़कते हुए पूछा।

''इरादा! इरादा तो कुछ भी नहीं है, पर इतना जरूर लगता है कि अगर एक अंग्रेज मार लिया तो दिल में ठंडक आएगी...''

''उससे होगा क्या?'' नसीबन ने पूछा।

''यह तो मैं नहीं जानता, लेकिन इतना मुझे पता है कि अंग्रेज हमारे दुश्मन हैं—हिन्दुस्तान के दुश्मन हैं—और उन्हें मार भगाना हमारा फर्ज है। पूरा मुल्क आज मुखालिफत में उठ खड़ा हुआ है।''

''तुझे यह सब कैसे पता?'' नसीबन ने पूछा।

''सब खबरें शहर में आती हैं...तहसील के पास मुख्तार नियाजअली का मकान है, वहीं यह सब पता चला। उन्होंने ही कहा था कि यही वक्त है जब हम अंग्रेजों को अपने वतन से खदेड़ सकते हैं।''

''तो तू अकेला क्या कर लेगा?'' नसीबन ने चिन्ता से पूछा।

''अकेला कहाँ हूँ, तमाम लोग साथ हैं। आज तो शहर के ऐसे-ऐसे लोग साथ हैं, जिन्हें मैंने पहले देखा तक नहीं था। हम सब मिल-जुलकर अपना काम तय करते हैं...'' सत्तार ने नसीबन को बताया तो वह कुछ सोचती रही, फिर धीरे से बोली—''सुन...मेरे पास एक असली लोहे की गुप्ती है...हाथ में रखो तो छोटा-सा डंडा लगती है; खोल लो तो आधे हाथ का फल है उसमें। तू उधर आ तो मैं तुझे दे दूँ...किसी से कहियो मत, समझा।'' फिर कुछ इधर-उधर की बातें करने के बाद पजावे की तरफ निकल गई थी।

दूसरे दिन एक और ही सनसनी थी। मस्जिद के अहाते में जुम्मन साईं ने एक बैठक की थी, जिसमें मदरसे के मौलवी साहब और बस्ती के अन्य मुसलमानों के अलावा सलमा का आदमी मकसूद भी था।

बस्ती के मसलों में हाथ बँटाने का मकसूद का यह पहला ही मौका था। मकसूद ने उस छोटी-सी बैठक में, अपने बगल में बैठे हुए सियासी कारकुन का परिचय सबसे कराया—"ये यासीन साहब हैं, अलीगढ़ के सियासी कारकुन हैं। मुस्लिम लीग में काम करते हैं और मुसलमानों की भलाई की खातिर ही जगह-जगह घूमते हैं। जिन्ना साहब इन्हें इज्जत की नजरों से देखते हैं। यह आज आपसे कुछ बातें करना चाहते हैं।"

साईं ने सबको गौर से देखा और धीरे से सिर हिलाया। मस्जिद के सहन में जहाँ कबूतर दाना चुग रहे थे, वहीं सत्तार न जाने कब आकर बैठ गया था। साईं की निगाह उस पर पड़ी तो उसने आँख से पास आने का इशारा किया, पर सत्तार वहीं बैठा रहा। उसे नीचे फर्श पर बैठने में दिक्कत भी होती, नसीबन की दी हुई गुप्ती वह कमर में छुपाए हुए था।

स्टेशन के इक्केवाले भी इस मजमे में हिस्सा लेने के लिए आए हुए थे।

इफ्तिकार इक्केवाला घुटनों पर बाँहें लपेटे बैठा था। उसके मन में न जाने कैसा सन्देह रेंग रहा था। रह-रहकर वह यासीन, मकसूद और साईं को देखता और भीतर ही कसमसाने लगा...।

सत्तार मकसूद को बड़े गौर से आँख बचाकर ताकता था और उसके सामने सलमा का चेहरा घूम जाता था। वह यह यकीन ही नहीं कर पा रहा था कि इस मकसूद के लिए सलमा उसे छोड़ सकती है...आखिर इसमें है क्या? अजीब लफंगा तो लगता है। उसके साथी सियासी कारकुन यासीन की नजरों में एक तेजी और समझदारी जरूर झलक रही थी।

तभी उसके कानों में आवाज पड़ी। अलीगढ़ का सियासी कारकुन यासीन कह रहा था—"तो बात जंग की नहीं है। इस वक्त हमें उन भीतरी बातों को समझना है जो जिन्ना साहब कर रहे हैं। आप हिन्दुओं की चालों को नहीं समझते। हिन्दू कौम कभी हमारे साथ नहीं हो सकती। हमने हिन्दुस्तान पर सदियों हुकूमत की है।

आजादी के बाद उसी का बदला वे मुसलमान कौम से लेंगे, यह बिलकुल तय है...।''

इफ्तिकार जरा और कसमसाया। आखिर अपने को न रोक पाने के कारण वह बोल ही पड़ा—''लेवि न सुना है कि कांग्रेस हिन्दू-मुसलमान दोनों को साथ लेकर चलना चाहती है। वह यह फर्क नहीं करती।''

साईं की भौंहें टेढ़ी हो गईं, बोला—''कांगरेस तो हिन्दुओं की जमात है।''

यासीन ने सधी हुई आवाज में बात को सँभाला—''भई, बात यह है कि यह गलतफहमी बहुतों को है। कांग्रेस अगर हमारी जमात भी होती, तो हमें लीग बनाने की जरूरत क्यों पड़ती? अगर हिन्दुओं के मन्दिरों में इबादत की जा सकती तो मस्जिदों की तामीर क्यों होती? हिन्दू हिन्दू है और मुसलमान मुसलमान...।''

मकसूद ने इस मिसाल पर बड़े जोर से सिर हिलाया। सत्तार को भीतर ही भीतर बात तो अच्छी लगी थी पर मकसूद के सिर हिलाने की वजह से उसने ताईद नहीं की। बैठक में एक अजीब-सा रहस्य भरता जा रहा था। लगता था कोई बहुत बड़ी बात होने जा रही है।

कुछ रुककर यासीन ने बात आगे बढ़ाई—''एक भीतरी बात जो मैं आप सबको बताना चाहता था, वह यह है कि हुकूमते-बर्तानिया ने हम मुसलमानों को यकीन भी दिलाया है कि जंग में जीतने के बाद वे हमें पूरी मदद देंगे और अगर मुमकिन हुआ तो हमारा एक नया मुल्क भी होगा। शायद आपको मालूम हो कि वायसराय कमेटी के सर फिरोज खाँ साहब ने हिन्दुस्तान को पाँच हिस्सों में बाँटने की बात सामने रखी है, पर असल बात यह है कि भाइयो, हम मुसलमानों के लिए अलग हक चाहते हैं। हम उस बात को कतई नहीं मानेंगे जिसे गांधी जैसे हिन्दू नेता तय करेंगे।''

तभी साईं ने बात जोड़ी—''हिन्दू नेता यह चाहते हैं कि वे मुसलमानों को साथ लेकर चलें तो अभी अंग्रेजों से हुकूमत छीन लें, बस...। बाद में वे मुसलमानों को अँगूठा दिखा देंगे, यही उनकी चाल है।''

यासीन ने अगली बात कही—"इसीलिए जिन्ना साहब ने इस आन्दोलन को गलत बताया है और कहा है कि कोई भी सच्चा मुसलमान हिन्दुओं के इस आन्दोलन में शिरकत न करे और एक बहुत ही खास बात जिन्ना साहब ने कही है, वह यह कि मैं इस वक्त हुकूमते-बर्तानिया से पका वायदा ले लेना चाहता हूँ कि लड़ाई के बाद हमें पाकिस्तान मिल जाएगा। अगर पाकिस्तान की शर्त मंजूर हो जाती है तो जिन्ना साहब सरकार में शामिल हो जाएँगे, वरना नहीं। तो भाइयो, इस वक्त जरूरत इस बात की है कि हम पाकिस्तान की माँग को जोर-शोर से उठाएँ, ऐसा कोई काम न करें जिससे हमें हिन्दुओं के साथ शामिल समझा जाए...।"

मकसूद की आँखों की चमक बढ़ती जा रही थी। वह रह-रहकर बीच में यासीन की बात की ताईद करता था, मौका पाते ही वह बोला—"फिरोजाबाद, टूंडला, आगरा, भोपाल वगैरह...सब जगह यही बातें सोची जा रही हैं, हिन्दुस्तान का बँटवारा होना है...।"

उसी की बात में गाँठ लगाते हुए यासीन ने और आगे बताया—"इसके लिए खून-खराबा भी हो सकता है। आसानी से हिन्दू इस तकसीम के मसले को नहीं मानेंगे। हमें उनसे लोहा लेना पड़ेगा। जरूरत हुई तो हमें कुर्बानियाँ देनी पड़ेंगी, क्योंकि हिन्दुओं के दिलों में हमारे लिए एक नफरत है क्योंकि हमने यहाँ सल्तनतें कायम की थीं। हमारी कौम हुकूमत करने और इस्लाम को फैलाने के लिए ही जिन्दा है।"

और इसके बाद जोश की जो बातें उसने कही थीं, उनसे सुननेवालों पर एक अजीब-सा नशा छा गया था।

बैठक खत्म होने के बाद तरह-तरह की और बातें भी होती रहीं, जिनमें कुछ बड़ी सनसनीखेज भी थीं। साईं ने हौले से बताया था—"सुना जिला कन्नौज में आर्यसमाजियों ने एक मुसलमान घराने को हिन्दू बना लिया है।"

"इतना ही नहीं, कानपुर में तो दिन-दहाड़े चार हिन्दू गुंडे दो मुसलमान औरतों को भगा ले गए, आज तक उनका पता नहीं चला।"

"और सुना है कि उधर इलाहाबाद में बड़ा जबर्दस्त दंगा हुआ है, जिसमें कई सौ लोग मारे गए हैं। पुलिस भी हिन्दुओं का साथ दे रही है।"

बड़ी देर तक मस्जिद के अहाते में ऐसी ही बातें होती रहीं। इन बातों के दौरान इफ्तिकार ही एक ऐसा था जो भीतर ही भीतर घुटता रहा। उसने एक बार धीरे से कहा भी—"असली लड़ाई तो गरीबी और अमीरी की है। मुल्क के तकसीम होने से हमें क्या मिल जाएगा?"

यासीन ने उसे समझाया था—"भाईजान, अपना मुल्क अपना होता है। अभी आप सोच नहीं सकते कि अगर हिन्दुओं का राज हुआ तो इसी हिन्दुस्तान में हमें कितनी मुसीबतें और सितम सहने पड़ेंगे! हिन्दुओं की चाल ही यही है कि यहाँ के सारे मुसलमानों को फुसलाकर, दबाकर और जरूरत पड़े तो जबर्दस्ती हिन्दू धरम कबूल करवाया जाए। आप इनकी बातों को नहीं समझते।"

और चूँकि ज्यादातर लोग यासीन की बातों को सही समझ रहे थे, इसलिए इफ्तिकार को चुप रह जाना पड़ा था। सत्तार को बातें तो सही लग रही थीं, पर मकसूद के बीच में होने की वजह से वह उनमें शामिल होकर ताईद नहीं करना चाहता था।

और उस दिन की बैठक अगली जुमेरात तक के लिए बर्खास्त कर दी गई। मस्जिद की सीढ़ियों से नीचे उतरते हुए मकसूद ने यह भी बताया था कि वह यासीन के साथ इन्हीं बातों का प्रचार करने के लिए आस-पास के इलाकों में जा रहा है।

सत्तार जब अपनी कोठरी में आया तो उसका मन बहुत भारी था। उसके दिमाग में तरह-तरह के खयाल आ-जा रहे थे। उसे यह लगता था कि शायद पाकिस्तान बनने से एक नई जिन्दगी की हदें खुल जाएँ। कुछ ऐसा हो कि उसे अपनी बेकारी और नाकामी से मुक्ति मिल जाए, एक नया रास्ता मिल जाए, जो जिन्दगी को खुशहाल कर दे। पर रह-रहकर उसे यह भी भ्रम होता था कि यह सब कुछ होगा नहीं! कैसे होगा? करोड़ों मुसलमानों के बीच उसकी बिसात ही क्या

है? कौन पूछेगा उसे...तभी मकसूद की वह बात कि वह बाहर जा रहा है, उसके दिमाग में एकाएक कौंधी थी...एक नरम-सा हाथ उसे सहला गया था और उसने तय किया था कि वह सलमा से मिलेगा...।

रात गहरी होकर बस्ती पर छा गई थी। दूर स्टेशन पर रोशनी हो गई थी और नजदीक नाले के पुल से गुजरती रेल की धमक और खड़खड़ाहट भी सुनाई पड़ रही थी। मस्जिद की मीनारें और गुम्बद अँधेरे के सैलाब में डूब गए थे। इफ्तिकार सवारियों की तलाश में इक्का जोतकर स्टेशन की तरफ काफी पहले जा चुका था।

जब कोठरी में लेटे-लेटे उसे नींद नहीं आई तो सोचा कि नसीबन को उसकी गुप्ती ही वापस कर आए, क्योंकि अब वह हिन्दुओं के साथ मिलकर अंग्रेजों को मारने में मदद क्यों दे?

कोठरी से निकलकर उसके पैर नसीबन के घर की ओर नहीं उठे थे, वह सीधा उधर पीपल वाली गली में चला गया था। न जाने क्यों सलमा की एक आहट भर पा लेने के लिए वह बेताब-सा हो रहा था। सलमा के घर के बाहर से जब वह गुजरा तो उसने जरा-सी आहट लेनी चाही। एक मिनट सधकर उसने बातें सुनने की कोशिश की—फूले हुए दरवाजों की सन्धों से रोशनी फूट रही थी और कुछ बातचीत हो रही थी। तभी उसे सलमा की खिलखिलाहट सुनाई पड़ी और उसका मन बेहद उदास हो गया। उसे लगा कि रतन से सलमा ने मिलने की जो बात कही थी, उसमें कोई ईमानदारी नहीं थी। अगर वह सत्तार से मिलना ही चाहती थी तो अपने-आप भी मिल सकती थी। कुछ दूर जाकर वह फिर रुक गया। उसके दिल पर उस खिलखिलाहट से अब भी घूँसे से लग रहे थे और तब वहीं खड़े-खड़े उसने तय किया था—कि वह ऐसा कोई भी काम हरगिज नहीं करेगा जिसमें मकसूद का हाथ हो।

आधी रात गए वह परेशान-सा कोठरी में लौट आया था। नींद तब भी नहीं आ रही थी। तब बस्ती की कच्ची सड़क पर इफ्तिकार के इक्के की हलकी खड़खड़ाहट सुनाई पड़ी थी। जब वह मस्जिद की बगल से गुजरा तो सत्तार ने उसे पुकार लिया।

इफ्तिकार ने रासें खींचकर पूछा—"क्या बात है सत्तार?"

"कुछ नहीं इफ्तिकार भाई, आज पता नहीं नींद क्यों नहीं आ रही है?"

"यासीन साहब की बातें परेशान कर रही हैं?"

"नहीं-नहीं, ऐसी कोई बात नहीं। नींद न लगी हो तो आओ बैठो।"

पर इक्के से उतरकर आने में इफ्तिकार को काफी परेशानी हुई थी। वह नशे में बुत था। जैसे-तैसे उसने घोड़े को वहीं खोल दिया था और पायदान में भरी घास उसने सामने डालकर सत्तार की कोठरी में घुस गया था।

"नींद की दवा दूँ।"

"है?"

"आ हो।"

"तो लाओ जरा।"

इफ्तिकार ने इशारे से उसे बताया था। पायदान की घास में से ही वह कच्ची का एक पौआ निकाल लाया। दोनों बड़ी देर तक वहीं बैठे पीते रहे और जब नशा सत्तार पर हावी हो गया तो बोला—"इफ्तिकार भाई, जी करता है कि सबसे पहले मकसूद के सीने में छुरा उतार दूँ।"

"क्यों?"

"बस, यूँ ही।"

इफ्तिकार ने बात को समझा था, बोला—"सलमा की वजह से?"

कच्ची का घूँट लेते हुए बोला था सत्तार—"तुमने असल बात पकड़ ली इफ्तिकार भाई! मकसूद की बातों से मेरी नाइत्तफाकी नहीं है, पर उसके साथ मेरी निभ नहीं सकती।"

इफ्तिकार एक मिनट चुप रहा। मैली टोपी के किनारे दबी हुई बीड़ी निकालकर उसने सुलगाई और बैठा पीता रहा। फिर जैसे बहुत सोच-समझकर बोला था—"सत्तार भाई, हो चाहे जो कुछ, पर मुझे लगता है कि इन बातों से गलतफहमियाँ फैल रही हैं...अब मुसलमान को कहाँ जाना है? यही मुल्क है और लगता मुझे यह है कि अगर पाकिस्तान बना भी तो अपने किसी काम नहीं आएगा। पाकिस्तान में भी तो हमें इक्का ही हाँकना पड़ेगा!"

"सनीमा की गेटकीपरी करना—नूरजहाँ के गाने सुनना...।" सत्तार मौज में आ गया था—"सितारा का नाच देखना। क्या नाचती है सितारा..."

इफ्तिकार भी सन्नाटा महसूस कर रहा था—"पाकिस्तान बना तो यह सब भी पाकिस्तान चलेंगी? खुदा कसम?"

"और पाकिस्तान काहे के लिए बन रहा है? इन्हीं सबको ले जाने के लिए तो बन रहा है। क्या गला पाया है नूरजहाँ ने?" सत्तार बकता जा रहा था—"भई, अपन तो जान दे सकते हैं नूरजहाँ के लिए।"

"तब सलमा का क्या होगा?" इफ्तिकार ने मजाक किया था; पर नशे की झोंक में भी सत्तार को जैसे होश का एक झटका लगा था। आखिरी घूँट लेते हुए बोला—"सलमा अगर पाकिस्तान जाएगी तो मैं भी जाऊँगा, नहीं तो नहीं...समझे! मुझे तो लगता है कि वह पाकिस्तान जरूर जाएगी।"

"वह जाएगी तो मकसूद के साथ ही।" इफ्तिकार ने सुझाया था। सत्तार यह सुनकर उदास हो आया था और फिर वे दोनों वहीं कोठरी के फर्श पर लेट गए थे।

सुबह अभी अच्छी तरह हुई नहीं थी। फर्रुखाबाद की तरफ जानेवाली गाड़ी जा चुकी थी। उसकी धमक भी दोनों ने नहीं सुनी थी। मकसूद और यासीन सुबह की गाड़ी से अहमदाबाद-फर्रुखाबाद की

तरफ चले गए थे। सलमा ने सुबह उठकर ही उनके लिए चाय बनाई थी और उन्हें गली के मुहाने तक छोड़ने आई थी।

उस वक्त तक बस्ती में कोई जागा नहीं था। चारों ओर धुन्ध छाई हुई थी। सलमा जब गली के मुहाने से लौटने लगी तो उसे सत्तार का ध्यान आया था। न चाहते हुए भी वह मस्जिद की तरफ चली गई थी। बहाना यही था कि एक रास्ता उधर से भी स्टेशन को जाता है। सत्तार की कोठरी के सामने से वह गुजरी तो इफ्तिकार का इक्का वहीं बाहर खुला देखकर उसे कुछ शक भी हुआ—कहीं सत्तार चला तो नहीं गया?

सुबह-सुबह ही हाथ में एक संटी लिये नसीबन मुर्गियों को दरबे से निकालकर घूरे की तरफ हाँकती हुई ले जा रही थी। उसने सलमा को पहचाना तो डग भरती हुई पास पहुँच गई—"इतने सबेरे कहाँ सलमा?"

सलमा सकपका गई। ठिठकते हुए बोली—"इधर आई थी उन लोगों को छोड़ने; अब घर जा रही हूँ...आप बड़ी जल्दी निकल पड़ीं।"

नसीबन ने उसे गौर से देखा और मुस्करा दी थी—"आज यह इफ्तिकार का इक्का उधर कैसे खुला हुआ है?" कहते-कहते उसने बढ़कर सत्तार की कोठरी पर दस्तक दी थी। सलमा चलने लगी थी तो उसने रोक लिया था—"अरे, मैं भी उधर ही चल रही हूँ, रुक तो!"

चाहते-न-चाहते हुए भी सलमा रुक गई थी। नसीबन के साथ होने से हौसला लौट आया था।

तभी उनींदा-सा सत्तार बाहर निकल आया। सलमा पजावे की तरफ ताकती हुई खड़ी थी। सत्तार ने आँखें मलकर दोनों की ओर देखा और एकदम बोला—"सपना देख रहा हूँ?"

नसीबन फिर मुस्कराई—"यह इक्का यहाँ क्यों खुला है?"

"इफ्तिकार भाई, इधर ही सो रहे हैं। रात यहीं रुके थे..." कहते-कहते वह सलमा को ताक रहा था। सलमा ने एक बार भर आँख उसे देखा। उसकी आँखों में उदासी भरी हुई थी। सत्तार को वे

आँखें दूर तक छेदती चली गईं। उन आँखों में वह सब नहीं था जिसे सोच-सोचकर उसका मन डूबता था। रात की खिलखिलाहट की कोई गूँज भी उनमें नहीं थी।...उनमें वही झिलमिलाहट थी, जो उसने पहले कभी देखी और महसूस की थी।

"अच्छा, मैं चल रही हूँ; आज जल्दी ही अस्पताल जाना है।" नसीबन से कहकर सलमा चलने लगी थी...।

और दो मिनट बाद ही सत्तार कुर्ता पहनकर अस्पताल वाली सड़क पर सलमा से पहले ही पहुँच गया था और जब सलमा आती दिखाई दी तो उसका दिल धड़कने लगा। वह समझ नहीं पा रहा था कि आज सलमा से बात कैसे शुरू करेगा? उसे रोकेगा कैसे? उसे क्या कहकर पुकारेगा? इन थोड़े-से दिनों में ही रिश्ते कितने बदल गए थे!

तभी सलमा पास आ गई थी। सत्तार ठिठका खड़ा रह गया था। सलमा एक नजर उस पर डालकर आगे बढ़ गई थी।

सत्तार बहुत हिम्मत करके उसके पास पहुँचा था। कुछ कदम वे साथ-साथ चले थे, पर बात मुँह से नहीं निकल पा रही थी। आखिर बड़ा जोर लगाकर सत्तार ने पूछा था—"अस्पताल जा रही हो?"

"हूँ।" सलमा मुस्करा दी थी। "क्यों?"

"कुछ नहीं।" वह और पास आ गया था—"तुमने मुझे बुलाया था?"

"नहीं तो!"

"तो मैं जाऊँ?"

"जाओ।"

"इस तरह मैं नहीं जाऊँगा...।"

सलमा चुप रही।

"अगर पाकिस्तान बना तो तुम...जाओगी?"

सलमा हँस दी और अपनी बेहूदी बात पर सत्तार को भी झिझक लगने लगी। उसकी समझ में ही नहीं आ रहा था कि और क्या बात करे, जैसे सारी बातें चुक गई थीं।

और अस्पताल के फाटक पर पहुँचने से पहले सलमा ने सत्तार से मुस्कराते हुए कहा था—"दोपहर में डाकखाने के पास मिलना...मुझे उधर काम है।" इतना कहकर वह तेजी से फाटक में घुस गई थी। सत्तार कुछ देर खड़ा ताकता रहा था। फिर उसकी नजर रतन की दुकान की ओर चली गई जो अधखुली थी। बहुत दिन हो गए थे रतन से मिले। वह लपककर सड़क के पार पहुँचा तो रतन को देखकर एकाएक पहचान नहीं पाया। वह संघियों का खाकी नेकर पहने, पेटी और काली टोपी लगाए खड़ा था। उसके बगल में एक आदमी और खड़ा था, उसके हाथ में लाठी थी; उसकी भी वर्दी वही थी और वह रतन को समझा रहा था—"औरंगजेब ने जो अत्याचार किए हैं, हिन्दू-धर्म को जिस तरह भ्रष्ट किया है उसी का बदला तो लेना है। हमारी परम्परा है, राणाप्रताप की, शिवाजी की, जिन्होंने म्लेच्छों से कभी समझौता नहीं किया..."

तभी रतन ने धीरे से पूछा—"गठनायकजी, यह म्लेच्छ तो मुसलमान ही हैं न?"

"हाँ। भारतवर्ष हिन्दू राष्ट्र है। इस आर्य देश के टुकड़े हों, यह..."

तभी सत्तार ने आगे पहुँचकर कहा—"रतन भाई सलाम!"

रतन ने उसे देखा और गठनायक की तरफ देखकर इस तरह नजरें घुमा लीं जैसे वह उसे पहचानता ही न हो। गठनायकजी ने कड़ी नजरों से सत्तार को देखा और अगली बात समझाने लगे—"शाम को शाखा में महेन्द्र और उत्तर के सब लड़कों को लेकर आना...गुरु पूर्णिमा को उत्सव मनाया जाएगा, उसकी तैयारी भी होनी है...समझे! अच्छा बन्धु, नमस्कार!"

"नमस्कार!" रतन ने कहा और गठनायकजी चुस्ती से शहर की ओर चले गए।

सत्तार अचकचाया-सा खड़ा देखता रहा। शहर में उसने संघियों को देखा था और उसके कानों में यह भनक भी पड़ी थी कि संघी मुसलमानों के बहुत खिलाफ हैं। कुछ क्षण तो वह सकते में खड़ा

रह गया था पर रतन से भी दोस्ती तो थी ही। उसने आगे बढ़कर पूछा—"क्यों रतन भाई, आजकल बड़ी जल्दी दुकान खोल देते हो?"

"हाँ, शाखा से लौटता हूँ तो खोल लेता हूँ।" अब तक रतन टोपी उतारकर कील पर टाँग चुका। नेकर बदलकर अपना पुराना पाजामा पहनने जा रहा था। सत्तार खड़ा हुआ दुकान में नजर दौड़ाने लगा। उसे दुकान कुछ बदली-बदली लगी।

सिनेमा के पोस्टरों की जगह दिल्ली में छपे वह कैलेंडर वहाँ लटक रहे थे, जिनमें महाराणा प्रताप, बन्दा बैरागी और शिवाजी आदि की तस्वीरें थीं। तभी रतन ने पूछा था—"क्या हाल है मियाँ?"

मियाँ! ...सुनकर सत्तार तिलमिला गया था। उसने रतन की ओर हिकारत से देखा था और यह अन्दाज किया था कि एक पटक में पानी माँग जाएगा, पर तिलमिलाहट दबाते हुए उसने उसी व्यंग्य से जवाब दिया था—"हाल ठीक है पंडित की औलाद।"

"लैला कहाँ है?" रतन ने मजाक में बात टाल देनी चाही थी। सत्तार उसके बदले हुए रुख को ताड़ गया था, पर सलमा को लैला कहकर पुकारना उसे कुछ अच्छा नहीं लगा था।

"अरे यार, छोड़ो उसकी बात।" सत्तार ने बात बदली। कपड़े बदलकर रतन ने रिम सीधी करने के लिए औजार सँभाले। एक मिनट पहले हुई बातों की गूँजें दोनों ही दबा देना चाहते थे।

"हूँ, लो!" सत्तार ने दो बीड़ियाँ सुलगाकर एक रतन की ओर बढ़ा दी। रतन ने इनकार कर दिया।

"क्यों, कब से छोड़ दी?"

"ऐसी ही।"

"पी यार!"

"नहीं...साली तन्दुरुस्ती खराब करती है।"

"तुझसे तगड़ा तो मैं ही हूँ।"

"हाँ बेटे! हिन्दुस्तान का माल खाते हो, तगड़े क्यों नहीं होगे?" रतन बोला!

सत्तार उसकी बात के डंक को तोड़ देना चाहता था, उसने गुस्से से रतन को देखा और बोला—"किसी से माँगकर नहीं खाते बेटा! अपने हक का खाते हैं, वह हक जो सदियों पहले हमारी कौम ने जीता था। समझे?"

तभी एक दूधवाला पंक्चर साइकिल लेकर आ गया और रतन उसमें उलझ गया, पर सत्तार को खड़ा देखकर वह बराबर बड़बड़ाता रहा—"मियाँ, अब हिन्दुस्तान में मुसलमानी राज्य के सपने देखना छोड़ दो। वह जमाने लद गए।"

सत्तार सुनता हुआ हिकारत से हँसता रहा। पर भीतर ही भीतर वह एक बहुत बड़ा अन्तर महसूस कर रहा था। आखिर वह रतन की दुकान से हटकर दूर चला आया।

सराय की ओर जानेवाली सड़क पर चलते हुए उसे अपने चारों तरफ एक ऐसा सैलाब-सा नजर आ रहा था, जिसमें नफरत के कीड़े बिलबिला रहे थे—जाने-पहचाने लोगों के मुर्दा चेहरे उतराते हुए बहते जा रहे थे—वे चेहरे, जिन्हें देखकर अभी तक इनसान जीता आया था—जिनमें प्यार और अपमान था। यह सब क्या हुआ है? लोगों ने एकाएक वे चेहरे उतारकर क्यों फेंक दिए हैं?

और सचमुच तब बस्ती में नफरत का एक भयंकर सैलाब आया था। सड़कें वही थीं, लोग भी वही थे, दुकानों में भरी हुई चीजें वही थीं, बस्ती के मकानों की दीवारें वही थीं—

पर उन पर इश्तहार नए थे।

मकानों पर फहराते हुए झंडे नए थे।

घरों में टाँगनेवाले कैलेंडर नए थे।

टोपियों को पहनने का शौक नया था।

सोचने-समझने का नजरिया बदला हुआ था।

कस्बे से निकलनेवाले दो-पेजी अखबारों की आवाज बदली हुई थी।

पता नहीं क्या हुआ था बस्ती को। ऊँचे-ऊँचे इमली-नीम के पेड़ों पर लम्बी-लम्बी बल्लियाँ लगाकर लीग और हिन्दू महासभा के

झंडे फहराए गए थे। घरों पर भी छोटे-छोटे ॐ के और हरे झंडे नजर आने लगे थे। खानकाह में रंग-रोगन हुआ था और उसके फाटक पर बहुत बड़ा चाँदतारा बनाया गया था। शहर के आर्यसमाजियों ने सब दीवारों पर गेरू से 'ॐ' लिखवा दिया था। प्राइमरी स्कूलों के अहातों में संघी नौजवान कवायद करते और लाठियाँ चलाना सीखते थे। वे हिन्दी ऐसे चबा-चबाकर और गरूर से बोलते थे कि औरों के लिए समझना ही मुश्किल हो जाता था।

जगह-जगह दुकानों पर लखनऊ-अलीगढ़ से छपे पर्चे आते थे और नागपुर-पूना से छपी तस्वीरें आती थीं। पुस्तकालयों में बाँके मराठों और राजपूत वीरों की जीवनियाँ भर गई थीं। बच्चों ने एकाएक अपने पूर्वजों को पहचाना था और काली टोपी वाले गांधीजी पर बिगड़ते थे।

'म्लेच्छों को सर पर चढ़ाकर आर्यभूमि को, हिन्दुत्व को अपमानित किया जा रहा है।'

और उधर मुसलमानों के मुहल्लों में इन बातों से तरह-तरह की अटकलें लगाई जाती थीं और उधर चिकवों की उस बस्ती में साईं समझाता था—'इस्लाम खतरे में है।'

सत्तार यह सब सोच-सोचकर पागल हो जाता था—यह सब क्या था जो उसके दिलो-दिमाग में पिघले सीसे की तरह भरता और वहीं जमता जा रहा था।

जब वह सराय के नुक्कड़ पर पहुँचा तो अब्दुल पतंग वाले ने उसे रोककर खबर दी थी—"खानकाह में आज रात एक मीटिंग है। तमाम मुसलमानों का शरीक होना जरूरी है। अपनी तरफ कह देना, लोग एक साथ न आएँ, अलग-अलग आएँ।" और इतना कहकर वह चला गया था।

उसी परेशानी में सत्तार बस्ती की तरफ लौट गया। दोपहर में सलमा से मिलने की बात थी। वक्त तो काटना ही था। कहीं और जाने को दिल नहीं कर रहा था, तो वह नसीबन के घर पहुँच गया। वह मठरियाँ तल रही थी। सत्तार को देखते ही खिल गई,

"आ सत्तार, ले मठरियाँ खा।" कहते हुए नसीबन ने वहीं पड़ी जूठी तश्तरी में आठ-दस मठरियाँ रख दीं। बाकी मठरियाँ उसने एक गन्दे कपड़े में लपेटीं और चलने लगी तो सत्तार ने पूछा—"कहाँ जा रही हो?"

"बच्चन के घर तक।"

जिस बेबाकी और खुलेपन से नसीबन ने बच्चन का नाम लिया था, वह सुनकर सत्तार को अचम्भा हुआ था। धीरे से बोला, "बच्चन और तुम्हें लेकर लोग तरह-तरह की बातें करते हैं।"

नसीबन हलके से मुस्करा दी। सर पर ओढ़नी डालकर वह निकल गई। नसीबन के उस कच्चे घर में वह अकेला रह गया था।

दूर पर शायद सलमा का अन्धा बाप कोई ढोलक मढ़कर बजा रहा था। आस-पास के घरों से चमड़ा कमाने की सुरसुराहट और छुरियों की चाल की हल्की फुसफुसाहट आ रही थी। उधर थोड़ी दूर पर मकतब में बच्चों के पढ़ने की आवाजें भी आ रही थीं।

लौटकर नसीबन आई तो घर में घुसते ही शिकायत-भरे लहजे में बोली—"सत्तार, तू सलमा को नजात क्यों नहीं दिलवाता?"

"मैं क्या कर सकता हूँ?"

"तू ही सब कुछ कर सकता है—आखिर तुझे लेकर सलमा ने इतनी बदनामी उठाई है। बस्ती-भर में उसकी इतनी थुक्का-फजीहत हुई है, यह सब क्या उसने इसीलिए उठाई थी?"

"क्या पता किसलिए उठाई थी! मैं तो हर तरह से तैयार था, पर वह बदल गई। तुम्हें तो मालूम है।"

"उसके दुख को तू नहीं समझ सकता, सत्तार!"

"क्यों, ऐसी क्या बात है?"

"है...।"

"मुझे बताओ, तभी तो मैं कुछ कर सकता हूँ।"

"तुझे तो पता है कि उसका आदमी उसे छोड़कर चला गया था।"

"पर अब तो उसका आदमी आ गया है। मुझे तो वह खुश दिखाई पड़ती है। उसी की खातिर उसने मुझसे मिलना-जुलना तक छोड़ दिया...।"

"तू नहीं समझेगा उसके दर्द को।"

"उसे किस बात का दुख है? मैंने तो ऐसी कोई बात नहीं देखी...।"

"अब क्या बताऊँ तुझे...जबान पर बात भी तो नहीं आती।" इतना कहकर नसीबन बन्ने की कमीज में बटन टाँकने लगी थी। सत्तार इस गुत्थी को सुलझा नहीं पा रहा था। इधर-उधर की तमाम बातें सोचने के बाद उसने पूछा था—"मकसूद मियाँ क्या उसके साथ बुरी तरह पेश आते हैं?"

"तुमने मकसूद को अच्छी तरह देखा है?"

"खास खयाल तो नहीं किया—तुम पहेलियाँ क्यों बुझा रही हो, जो बात है, साफ-साफ बताओ न!" सत्तार उतावला हो रहा था।

"तुमने उसके रंग-ढंग देखे हैं?"

"ओफ हो!"

"मैं कहूँ कैसे....कैसे समझाऊँ तुझे..."

"अरे, तो उसमें कोई कमी है?"

"उसका बनना-सँवरना देखा है?"

"तो इसमें क्या बात है?"

"वो जो सियासी कारकुन यासीन उसके साथ है न—उससे तालुकात देखे हैं उसने?"

"मैंने तो यासीन को उस दिन मस्जिद में ही पास से देखा था, और तो कोई मौका आया नहीं।"

"सलमा यह सब किससे कहे...?"

"क्या यासीन सलमा..." सत्तार बात कहते-कहते रुक गया था। वह स्थिति को कुछ-कुछ भाँप रहा था। उसके तन-बदन से चिनगारियाँ फूटने लगी थीं, पर तभी नसीबन ने बहुत सँभलकर कहा

था—"तू जो बात सोच रहा है, वह नहीं है। यासीन और सलमा का कोई मामला नहीं है। बात असल में यह है कि सत्तार कि, मकसूद के रंग-ढंग ही अजीब हैं। उस दिन रो-रोकर सलमा ने बताया था—शाम होते ही मकसूद औरतों की तरह सजता है। आँखों में काजल डालता है, अपने गाल पर मस्सा बनाता है। बालों में तेल डालता है। आईने के सामने खड़े होकर बालों में छल्ले बनाता है, गालों पर भी लाली पोतता है और गिलौरियाँ दबाकर यासीन के पास जा बैठता है। तब दोनों शराब की बोतल खोलकर बैठ जाते हैं। उनकी रँगरेलियाँ चलती हैं और सलमा मक्के भून-भूनकर लाती है—कलेजी तलकर लाती है—यासीन मकसूद को अपने गिलास से शराब पिलाता है...।"

"और सलमा यह सब देखती है। खून के आँसू रोती है—उन्हें यह सब करते देखकर भी बर्दाश्त करती है। रात गए तक यह सब चलता रहता है—और सलमा शरम की मारी रोती-रोती जब सो जाती है तो आधी रात के बाद मकसूद उसके पास आता है...।" इतना कहकर नसीबन चुप हो गई थी।

सत्तार अवाक् सुन रहा था।

कुछ देर तक दोनों चुप रहे। घृणित-सा सन्नाटा छाया रहा। सत्तार के मुँह से जैसे जबान गिर गई थी। आखिर नसीबन ने ही वह खामोशी तोड़ी थी—"कोई औरत यह सब कुछ कैसे बर्दाश्त कर सकती है? बर्दाश्त करने की बात तो दूर, सोच भी नहीं सकती। अजीब साँसत में फँसी है सलमा...।"

सत्तार अब भी चुप था।

"यही फिरोजाबाद में होता था। सलमा तो यहाँ तक बताती थी कि फिरोजाबाद में तो वह चूड़ियाँ तक पहनकर बैठता था और सलमा जब बिगड़ती थी, तो उसे बुरी तरह मारता था। एक रोज तो उसने कैंची लेकर सलमा के बाल तक काट डाले थे, तुम्हीं सोचो सत्तार! कोई औरत कैसे इस तरह के आदमी के साथ चल सकती है...।"

सत्तार के सामने उस रात मस्जिद में बैठे मकसूद और यासीन के चेहरे घूम रहे थे। मकसूद के लम्बे-लम्बे बाल और यासीन को देखने का तरीका। जैसे एक-एक बात साफ होती जा रही थी।

"मुझे यकीन ही नहीं होता!"

"तो सलमा से खुद पूछ लेना। उसने तो हजारों बातें बताई थीं, उन्हें तो मैं जबान पर भी नहीं ला सकती।"

"तो सलमा उसे छोड़ क्यों नहीं देती?"

"यह इतना आसान तो नहीं होता।"

"तो मैं उसे लेकर कहीं भाग जाऊँगा।"

"कहाँ?" नसीबन ने हलके से मुस्कराते हुए पूछा था।

"पाकिस्तान।"

नसीबन के चेहरे पर एकाएक कई रंग आए और चले गए। आखिर उसने बड़ा सब्र करके पूछा—"कहाँ है पाकिस्तान?"

"बनेगा। कायदे-आजम लेकर छोड़ेंगे।"

"तो चले जाना।" नसीबन ने बड़ी मायूसी से कहा था।

"सब मुसलमान चलेंगे पाकिस्तान।"

"क्यों?"

"सुना है उधर सूबे के शहरों में मुसलमानों को मारने के लिए हिन्दू बड़ी तैयारियाँ कर रहे हैं। वहाँ काली टोपी वाले बन्दूकें चलाना सीख रहे हैं।" सत्तार बोला।

"वह यासीन भी तो मुसलमानों में तैयारी करवा रहा है।" नसीबन ने कटाक्ष किया। यासीन का नाम सुनते ही सत्तार का मुँह बिगड़ गया। यासीन और मकसूद के जोड़े की बात ध्यान में आते ही उसका मन उधर से विरक्त हो गया।

एकाएक वह कोई जवाब नहीं दे पाया था। बात बदलने के लिए बोला—"आज सलमा से मिलना है।"

"तो इधर-उधर क्यों मिलता है? यहीं आकर सीधे से बात कर लिया कर। मुझसे तो उसका दुख देखा नहीं जाता।" नसीबन यह कह ही रही थी कि कूदते-फाँदते उसके लड़के आ गए।

सलमा से मिलने का वक्त हो गया था। डाकखाने की ओर जाते-जाते उसने सारी बातें सोच डाली थीं। वह सलमा से क्या-क्या कहेगा, आगे क्या करेगा...

सलमा को लेकर वह नसीबन के घर चला आया था। घर में सन्नाटा था—नसीबन के लड़के बाहर खेलने चले गए थे और नसीबन बच्चन के घर चली गई थी। पश्चिम की ओर जाते सूरज की किरणें तिरछी होकर घर पर से गुजर चुकी थीं—दूर आसमान में चीलें उड़ रही थीं—उस सन्नाटे में उन्हें साँसों की आवाज तक सुनाई पड़ रही थी—सत्तार ने उसे अपने पास खींच लिया था और दीवार की तरफ देखते हुए बोला था—"सलमा! इतने जुल्म क्यों सहती हो?"

"तो और क्या करूँ?"

"इससे बाहर नहीं निकल सकती?"

"अब और कोई रास्ता नहीं निकल सकता।" सलमा ने बहुत गहरी साँस लेकर कहा था और उसकी आँखें डबडबा आई थीं। कुछ देर बाद सलमा ने कहा था—"सत्तार, पता नहीं कौन-सी मजबूरियाँ हैं जो कुछ भी करने से रोकती हैं। चाहते हुए भी वह नहीं कर सकती जो करना चाहती हूँ।"

"ऐसी क्या बात है?"

"वह मेरे पैरों पर सर रखकर रोता भी है—बहुत रोता है, तब मेरे मन से सब कुछ धुल जाता है। बेबस जितनी मैं हूँ उतना ही वह भी है। लेकिन कभी-कभी इतनी नफरत होती है कि जी चाहता है कि खुदकुशी कर लूँ—लेकिन अब तो वह भी नहीं कर सकती।"

"तो कोई ऐसा रास्ता ढूँढ़ लो जिससे यह परेशानियाँ दूर हो जाएँ। हम दोनों चुपचाप यहाँ से चले चलें।" सत्तार ने बड़ी गहराई से कहा था।

"मैं कहीं नहीं जा सकती।"

"तुम्हारी यही बात तो मैं नहीं समझ पाता।"

"तुम नहीं समझ पाओगे सत्तार...आदमी हो न...।"

"तो तुम मुझे बताओ न?"

"मेरे पेट में बच्चा है।"

सत्तार सन्न रह गया था। उसकी अक्ल चकरा गई थी। पर तभी वह बिफर उठा था—"तुम झूठ बोलती हो।"

"मैं सच कह रही हूँ सत्तार!" कहते-कहते सलमा फूट-फूटकर रो पड़ी थी। और उन आँसुओं से नहाई सलमा उसे बहुत पाक लगी थी—बहुत सहनशील लगी थी।

पर दूसरे ही क्षण सन्देहों की छायाएँ उसकी चेतना पर मँडराने लगी थीं। मकसूद का बच्चा कैसे हो सकता है-और उसे लगा था कि सलमा अपने किसी बहुत बड़े रहस्य को छिपाए हुए है। तब वह उसे बहुत ही हीन, गिरी हुई और नापाक लगी थी और उसने अपने सब सहारे टूटते हुए महसूस किए थे।

सन्नाटा और भी गहरा हो गया था और घर में अँधेरा भरने लगा था।

"अच्छा सलमा, अब जाओ-बहुत देर हो गई है—" सत्तार ने अनजाने ही कहा था।

और सलमा उठकर चुपचाप बाहर निकल गई। सत्तार खड़ा-खड़ा देखता रह गया। उसकी समझ में कुछ भी नहीं आया था।

सत्तार उसी परेशानी में अपनी कोठरी में चला गया और जाकर लेट गया। उसके सामने धुन्ध छाई हुई थी। कोई भी चीज साफ नजर नहीं आ रही थी। हर तरफ एक शोर था—ऐसा शोर, जिसमें कोई भी आवाज पहचानी नहीं जा रही थी।

और पूरी बस्ती में भी ऐसा ही एक खामोश शोर छाया हुआ था। असमंजस, आशंकाओं और सन्देहों का! दुकानें उसी तरह खुलती थीं। शहर का कारबार उसी तरह चलता था—उसी तरह अनाज मंडियों में गाड़ियाँ आती थीं। घरों में कथाएँ और मिलाद

शरीफ हो रहे थे, पर कुछ ऐसा था जो टूट रहा था, जिसे बयान नहीं किया जा सकता था।

बाहर से जो खबरें आती थीं उनका रूप यहाँ दूसरा ही होता था—यहाँ तक आते-आते उनका रंग ही बदल जाता था। लड़ाई की खबरों में सभी की दिलचस्पी थी, पर जब जापानियों के कदम डगमगाने लगे और युद्ध में अंग्रेजों की जीत दिखाई देने लगी तो अजीब-अजीब प्रतिक्रियाएँ हुईं।

आजाद हिन्द फौज के किस्से इस छोटे-से शहर तक भी पहुँच गए थे और बड़ी गरमा-गरमी पैदा कर रहे थे। कुछ देर के लिए सबका ध्यान अपने भेदभाव भुलाकर उन्हीं खबरों की ओर लग गया था। गलियों में लड़के कहते फिरते थे—"तुम मुझे खून दो। मैं तुम्हें आजादी दूँगा।"

और कभी-कभी तो लड़के लाइन बनाकर गलियों में परेड करते थे—"कदम-कदम बढ़ाए जा, खुशी के गीत गाए जा। यह जिन्दगी है कौम की, तू कौम पर लुटाए जा।"

जब शहर में अँधेरा उतरने लगता था और सड़कों के छोर काली धुन्ध में छुप जाते थे, तो बच्चों के यह तराने रोंगटे खड़े कर देते थे। पर वहाँ चिकवों को साईं ने समझाया था—"हमें इनसे क्या लेना-देना? अगर आजाद हिन्द फौज ने हिन्दुस्तान की हुकूमत जीत ली तो क्या होगा? राज तो हिन्दुओं का ही होगा। अंग्रेजों पर भी भरोसा नहीं किया जा सकता। तुर्की के खलीफा से वायदा करके क्या सलूक किया था इन्होंने?—हम सिर्फ अपनी कौम पर भरोसा कर सकते हैं। हिन्दू और अंग्रेज दोनों दगा देंगे हमें।"

सत्तार पेड़ के नीचे बैठा बीड़ी पी रहा था। साईं की बगल में बैठे मकसूद और यासीन को देखकर उसका खून खौल उठा था। वे दोनों कई दिन पहले लौट चुके थे।

उसने वहीं बीड़ी मसलकर ललकारते हुए कहा—"पर साईं, आजाद हिन्द फौज में मुसलमान भी तो हैं! सुना है शाहनवाज उसके सबसे बड़े सिपहसालार हैं। उन्हीं की कमान में सारी फौज है और

शाहनवाज मुसलमान हैं। उन्हें और उनके साथियों को अंग्रेजों ने बागी करार दे दिया है।''

बात का जवाब यासीन ने दिया—''जनाबेआली! मुसलमान भी तो गलती कर सकता है। कुछ मुसलमान कांग्रेस के साथ भी तो हैं—उनके दिलों में इस्लाम के लिए कोई जगह नहीं है। वे तो काफिरों से भी बदतर हैं। जो हिन्दू हमारी खुलकर मुखालफत करते हैं, हम फिर भी उन्हें अच्छा समझते हैं, पर उन मुसलमानों को क्या कहा जाए जो अपने ही मजहब, दीन-ईमान और भाइयों के साथ गद्दारी कर रहे हैं। हमें उनसे होशियार रहना है और यह मानकर चलना है कि हिन्दू और मुसलमान दो कौमें हैं। हमारे लीडर हैं—कायदे-आजम मुहम्मद अली जिन्ना। पूरी मुसलमान कौम उनके साथ है।''

सत्तार भड़क उठा था—''सुना है, जिन्ना साहब मजहब को नहीं मानते—ये वह सब करते हैं जो इस्लामी शरीयत के खिलाफ है। वे न उर्दू जानते हैं, न अरबी। उन्होंने पारसी लड़की से शादी की है—वे हमारे लीडर कैसे हो सकते हैं?''

''जबान बन्द करो सत्तार!'' साईं बिफर उठा था। यासीन की आँखें अंगार की तरह सुलग उठी थीं और मकसूद एक कदम आगे बढ़कर उस पर वार करने के लिए तैयार था।

''जबान तो बन्द नहीं होगी साईं।''

''यह काफिर है।'' मकसूद चिल्लाया था।

''मारो साले को।'' कई आवाजें आई थीं।

और जब तक सत्तार सँभले-सँभले उस पर ताबड़तोड़ मार पड़ गई थी। वह अपने को सँभाल नहीं पाया था, पर मारपीट की उसी झोंक में उसने मकसूद की नाक तोड़ दी थी।

आखिर साईं ने ही बीच-बचाव किया था। जब उसने सबको हटाया था तो सत्तार गालियाँ देता हुआ अपनी कोठरी की तरफ चला गया था। उसकी आँखों के ऊपर नील पड़ गए थे। ओठ कट गया था और टाँग से खून बह रहा था।

इस झगड़े से बस्ती में सन्नाटा छा गया था। साईं ने उसी रात सत्तार को मस्जिद की कोठरी से निकलवा दिया था।

मस्जिद के चबूतरे के कोने पर अपना सामान लिये सत्तार बैठा था। उसकी समझ में नहीं आ रहा था कि अब क्या करे? शहर में भी कोई ऐसा नहीं था, जिसके पास वह चला जाता—वहाँ एक दूसरी ही नफरत रेंग रही थी। उसे रह-रहकर पछतावा भी हो रहा था कि यह सब उसने क्या कर लिया और क्यों कर लिया?

अपनी नादानी पर उसे गुस्सा भी आ रहा था, पर खुशी इसी बात की थी कि मकसूद की पिटाई उसने कर दी थी, तभी गली के अँधेरे में उसे नसीबन आती दिखाई दी।

"क्यों, क्या बात हो गई थी?" उसने पास आकर कहा।

"खामखाह बात बढ़ गई...लगता है, उस साले मकसूद ने पहले से सब तय कर रखा था।"

"बहुत चोट आई है?"

"हाँ, थोड़ी-सी लगी है। पर मरम्मत मैंने उन सालों की भी कर दी।"

"खैर होगा, अब जाओगे कहाँ?"

"यही तो समझ में नहीं आ रहा है!"

"मेरे घर चले चलो और इन झगड़े-टंटों में पड़ना बन्द करो, समझे। मेरे घर रहो और काम-धाम का कोई सिलसिला ढूँढ़ो।"

"हाँ, अब तो साईं वगैरह मुझे यहाँ काम भी नहीं मिलने देंगे।"

"तेरी किस्मत कोई तुझसे नहीं छीन लेगा...समझा।"

अपना बिस्तर लपेट-लपाटकर और बाकी सामान लेकर वह नसीबन के साथ चल दिया। रास्ते में उसने धीरे से पूछा—"तुम्हें तो ये लोग परेशान नहीं करेंगे? मेरी वजह से तुमसे भी कहीं दुश्मनी न मानने लगें?"

"मैं इनसे नहीं डरती..." कहती हुई नसीबन दरवाजे तक पहुँच गई थी। उसने दरवाजा भड़भड़ाया तो रज्जन ने खोला, और खोलते ही दास्तान बयान कर दिया— "अम्मी? बन्ने को बड़ी चोट आई है। कलुआ ने बहुत मारा आज बन्ने को।"

"कौन कलुआ?" सत्तार ने पूछा।

"बच्चन का लड़का।" नसीबन ने बताया और आगे पूछने लगी—"पर हुआ क्या था? क्यों लड़ाई हुई थी?"

"अम्मी, हम सब कलुआ...रमुआ के साथ खेलने गए थे—वहाँ पजावे वाली पहाड़ी पर खेल रहे थे तो बन्ने के धक्के से रमुआ लुढ़क गया। बस इतनी-सी बात पर कलुआ ने बन्ने को बहुत मारा। फिर हम सबने मिलकर कलुआ को मारा।"

"अरे हरामखोर, लड़ा मत कर।" नसीबन ने रज्जन का कान ऐंठते हुए कहा—"कितनी बार कहा कि लड़ाई हुआ करे, तो मुझसे शिकायत किया कर...अब आया है निपटाकर दास्तान सुनाने।" और इतना कहते-कहते उसने दो चाँटे रसीद कर दिए।

मार खाकर रज्जन बाहर निकल गया। नसीबन सत्तार के साथ भीतर चली गई। बगल वाली कच्ची कोठरी में चटाई बिछाकर सत्तार ने अपना बिस्तर फैला लिया। नसीबन एक ढिबरी जलाकर रख गई। अँगीठी जलाकर उसने तेल गरम किया और सत्तार को दे आई। बन्ने तब तक सो गया था, उसने टटोलकर देखा, आँख के पास सूजन थी, उस पर गरम तेल मलकर वह रज्जन का इन्तजार करने लगी कि आ जाए तो दरवाजा बन्द करे। पर रज्जन का कहीं पता नहीं था।

बाहर दरवाजे पर आई, इधर-उधर निगाह दौड़ाई, पर वह नजर ही नहीं आ रहा था। तभी बच्चन पहुँच गया। नसीबन को परेशान-सा देखकर वहीं खड़ा हो गया। बच्चन को देखकर नसीबन ने पूछा—"क्या बात है बच्चन? इस वक्त कैसे?"

"कुछ नहीं, रमुआ को चैन नहीं पड़ रहा है। लगता है, उसके पैर की हड्डी टूट गई है। समझ में नहीं आता क्या करूँ! हल्दी लेने आया था।"

“हड्डी टूट गई है?” नसीबन ने धड़कते दिल से पूछा था।

“लगता तो यही है...जरा-सा पैर हिलता है तो चीखता है।”

“चलो...” कहकर वह बच्चन के साथ चल दी।

रमुआ की टाँग की हड्डी सचमुच टूट गई थी। उसे किसी करवट चैन नहीं पड़ रहा था। मांस एक ओर से फूल आया था। हाथ-पैर ठंडे पड़ रहे थे। एकाएक नसीबन घबरा गई, बोली—“इसे फौरन अस्पताल ले चलो।”

“लेकिन इस वक्त अस्पताल में होगा कौन?”

“होगा क्यों नहीं...नहीं होगा तो बुलवाएँगे। रात भर में तो बच्चे की जान निकल जाएगी। अच्छा, मैं अभी आई...” इतना कहकर वह सीधी सलमा के घर गई।

और उस वक्त रात में ही नसीबन, बच्चन और सलमा रमुआ को लेकर अस्पताल पहुँचे थे। सत्तार छुपे-छुपे खामोशी से पहुँच गया था। मर्दाना अस्पताल में सलमा को लोग जानते तो थे, पर बड़ी कोशिश के बावजूद उस वक्त कुछ नहीं हो पाया। रात की ड्यूटी पर जो मेल नर्स थे उन्होंने एक बिस्तर दिलवा दिया था। सुबह डॉक्टर के आते ही हड्डी चढ़ जाएगी, इसका दिलासा भी दे दिया था। पर बात थी, बच्चे के पास रुकने की। हारी-बीमारी में आदमी के बस का नहीं होता सँभालना। तभी नसीबन ने बच्चन को शहर से दूध लाने के लिए भेज दिया था और खुद वहीं रुक गई थी।

रात भर नसीबन वहीं रमुआ के बिस्तर के पास बैठी रही, बच्चन ने कहा कि कुछ देर सो ले, पर वह नहीं हटी—“मरद नहीं समझ सकते बाल-बच्चों का सुख-दुख।”

वह रात भी गुजर गई, दो-तीन दिन भी गुजर गए और वहाँ बस्ती में यह खबर जोर पकड़ती जा रही थी कि नसीबन हिन्दू के घर बैठ गई है।

रमुआ अस्पताल में पड़ा था। उसकी टूटी टाँग पर प्लास्टर चढ़ गया था, पर बुखार पीछा नहीं छोड़ रहा था। नसीबन चिन्तित-सी दिन-दिन-भर उसके सिरहाने बैठी रही। बस्ती की बातों की भनक उसके कानों में भी पड़ती थी, पर वह जैसे निर्लिप्त थी। वह शाम को चार बजे लौटकर चली आती थी, अपने बच्चों व कलुआ के लिए खाना पकाकर फिर अस्पताल चली जाती थी तो सुबह छह बजे लौटती थी। यही क्रम हो गया था उसका।

और उधर शहर में आजाद हिन्द फौज के जवानों की गिरफ्तारी और मुकदमे की खबर गरम थी। ढिल्लन, सहगल, शाहनवाज का मुकदमा जब लाल किले में शुरू हुआ था, तो शहर जैसे जाग्रत् हो गया था...।

कटरा मुहल्ले में एक कमेटी बन गई थी, जो आजाद हिन्द फौज के जवानों के घरवालों के लिए चन्दा, कपड़े वगैरह इकट्ठा कर रही थी। जोश भरी तकरीरें भी होती थीं।

सर्दियाँ खत्म होते-होते लाल किले का वह मुकदमा खत्म हो गया और नानबाई ने पूरी खबर दी—''मजाक नहीं था उन लोगों को देश-निकाला देना। वे ढिल्लन, सहगल, शाहनवाज को देश से निकालते, वे देश के बाहर फिर आजाद हिन्द फौज बनाते—वहाँ से पकड़े जाते तो दस दिन बाद गायब—पता लगता कि अमरीका पहुँच गए, वहाँ फिर वही आजाद हिन्द फौज।''

पर शहर के मुख्तार वकीलों में गम्भीर रूप से यही चर्चा थी कि एक तरह से अंग्रेजी सरकार ने अपनी हार मान ली है। जनता की भावनाओं के उफान को देखकर हुकूमत की यह हिम्मत नहीं पड़ी कि उन्हें जलावतनी देते।

मुख्तार साहब ने धीरे से एक बार फिर कहा था—''भई, भलाई इसी में है कि हिन्दू-मुसलमान मिलकर रहें...।''

मकानों पर लगे साम्प्रदायिक झंडे उतारे तो नहीं गए थे पर उनके रंग जरूर फीके पड़ गए थे। सर्दियों की वजह से वैसे भी शहर देर से जागता था और जल्दी से सो जाता था।

साईं का जमावड़ा भी जल्दी ही टूट जाता था, लेकिन जब मकसूद और यासीन उसके पास आकर बैठ जाते तो बातें चलती रहतीं। और फिर अब तो नसीबन और बच्चन की खबर गरम थी।

साईं ने धूनी में लोबान डालते हुए कहा—"पता नहीं, इस नसीबन को क्या हो गया है, जो उसके घर में घुस-घुसकर बैठती है।"

मकसूद ने अपना शक जाहिर किया, "मुझे तो पता लगा है कि बच्चन उसे हिन्दुआनी बनाने के चक्कर में है।"

और एक दिन यह खबर भी मिली कि इलाहाबाद में हिन्दू-मुसलमानों का दंगा हो गया है। तीन आदमी मारे गए हैं। शहर के लोगों पर कोई खास असर तो नहीं दिखाई दिया पर शहर की दीवारों पर एक पर्चा जरूर चिपका हुआ दिखाई दिया—

"लेके रहेंगे पाकिस्तान।"

"पाकिस्तान जिन्दाबाद।"

कोई भी इस पर्चे को रुककर नहीं पढ़ता था पर सबने उसे देखा था और भीतर ही भीतर बातें चालू हो गई थीं। तरह-तरह की बातों के मतलब लगाए जाने लगे थे। तहसील के स्टाम्प-फरोश सिबते ने हाफिज की दुकान पर जब धीरे से यह बताया कि तहसीलदार साहब गजाधर सिंह ने अपने पुराने मुसलमान चपरासी को जवाब दे दिया है, तो लोगों को एक धक्का-सा लगा।

"अरे, तो उसने कोई चोरी-चमारी की थी?" हाफिज जी ने पूछा।

"कुछ भी नहीं, उनके बच्चों को स्कूल छोड़ने जाता था, साग-सब्जी ला देता था—और वह इतना पुराना चपरासी था, उससे

किसी नुकसान की उम्मीद ही नहीं की जा सकती। अब बताइए, पाँच-पाँच बच्चे हैं गरीब के। कहाँ से उनका पेट भरेगा!'' सिबते ने कहा।

हाफिज जी कुछ देर तक सोचते रहे थे, फिर बोले थे—''सिबते, तुम उसे यहाँ बुला लाना। किसी वक्त शायद मेरे पास कुछ काम निकल आए।''

और तहसील का चपरासी बरकत दूसरे ही दिन से हाफिज जी के यहाँ काम पर लग गया था।

लोगों ने अपनी तरह से बातों को तोड़ा-मरोड़ा था। तहसीलदार साहब के नए चपरासी हरनाम ने अपनी मूँछ पर ताव देते हुए कहा था—''अब यहाँ मुसलमानों की नहीं चलेगी। इनका कोई इत्मीनान नहीं। तहसीलदार साहब अपने बच्चों को कैसे सौंप देते एक मुसलमान के हाथ में!''

और मंजूर अली की जो इमारत बीच बाजार में बन रही थी उसमें सात दुकानें भी निकली थीं। हिन्दू व्यापारियों ने अच्छे किराए पर उन्हें लेना चाहा था, पर मंजूर अली ने कम किराया लेना मंजूर किया था, पर दुकानें मुसलमानों को ही दीं।

इस बात पर खादी भंडार के आचार्य जी तक बिफर उठे थे, ''इन मुसलमानों का कोई भरोसा नहीं। भीतर ही भीतर इनके दिलों में हिन्दुओं के लिए छुरियाँ चल रही हैं।''

''ये सब अपने को मजबूत बनाने में लगे हुए हैं...आप देखिएगा कि दंगे होंगे और हिन्दू मार खाएँगे।'' गुप्ता ने राय दी थी।

''अरे, ठाकुरों की गद्दी रही है यह...'' ठाकुर जसपाल सिंह ने शहद की शीशी खरीदते हुए कहा—''इतनी मजाल नहीं है मुसल्लटों की कि यहाँ इस जिले में सिर उठा जाएँ...।''

''संघवालों ने बड़ी समझदारी का कदम उठाया है। मंडल कांग्रेस कमेटी के मंत्री जी भी अपने लड़कों को संघ की शाखा में भेजते हैं। संघवालों का वे खुद बहुत साथ देते हैं।'' गुप्ता कहने लगा।

"अब संघ ही रक्षा करेगा इन यवनों से।" ठाकुर साहब संघी भाषा में ही बोल रहे थे—"हिन्दू जाति को कोई परास्त नहीं कर सकता...कलियुग में संघ ही शक्ति है।" ठाकुर साहब ने संघ शब्द का अर्थ ही बदल लिया था।

पूरी बस्ती में संघवालों का दौर-दौरा बढ़ता जा रहा था। तीन-चार दिन से बड़ी दौड़-धूप हो रही थी। स्वयंसेवक साइकिलों पर घूम-घूमकर इधर-उधर सूचनाएँ पहुँचा रहे थे। उनका कोई पर्व था और एक बड़े अधिकारी नगर में पधार रहे थे।

अधिकारी जी का स्टेशन पर ही भव्य स्वागत हुआ और हाथी पर बैठाकर उन्हें नगर में लाया गया।

समय होते ही सीटियाँ बजने लगीं और स्वयंसेवक कतारों में खड़े हो गए। उनकी कवायद देख-देखकर लोगों को अनोखा अनुभव हो रहा था...।

...हिन्दुत्व की गरिमा और महिमा का सोया हुआ इतिहास जैसे फिर जाग रहा था।

और संघ के अधिकारी ने स्वयंसेवकों को सम्बोधित करते हुए कहा था—"आज मातृभूमि फिर वही बलिदान माँग रही है। भारतीय राष्ट्र आज युगों की निद्रा के बाद जाग रहा है। हम अपनी संस्कृति, अपने गौरव तथा अतीत की गरिमा की रक्षा के लिए कटिबद्ध हैं। निर्बल राष्ट्र की कोई स्थिति नहीं होती...हिन्दू राष्ट्र ने आज अपना तीसरा नेत्र खोला है...वह सब इसमें भस्म होगा जो विदेशी है; संसार की कोई सत्ता हमें अब पददलित नहीं कर सकती। हम वीरों की सन्तान हैं...हम शिवाजी, महाराणा प्रताप और लक्ष्मीबाई की सन्तान हैं...वीरता में शक्ति है तथा शक्ति में है प्रभुता का स्रोत। वीरभोग्या वसुन्धरा...और वीर वही है जो हिन्दू है।"

चारों तरफ उत्तेजना व्याप्त हो गई थी। खून में गर्मी आ गई थी। बच्चों के लिए तो यह सब एक अच्छा खेल था। विद्यार्थियों की अंधी

शक्ति के लिए इसमें एक राह थी और व्यापारी-वर्ग के लिए सुरक्षा की भावना थी।

उस दिन मुसलमानों में मुर्दनी छाई हुई थी। मुसलमानों की दुकानें जल्दी बन्द हो गई थीं, मस्जिदों में ज्यादा भीड़ थी। एक अजीब-सा सन्नाटा था।

हाफिज जी उस दिन अपनी दुकान से उतरे थे और बगल की दुकान वाले सन्तलाल से दुआ-बन्दगी किए बगैर ही चले गए थे। मस्जिद के नीचे बैठकर कबाब और पराँठा बेचनेवालों ने जल्दी ही खोंचे उठा लिये थे।

सुबह शहर जागा तो रात की आशंकाएँ मिट चुकी थीं पर कुछ और बदल चुका था। नजरें मिलने से कतराती थीं। रात को डाकखाने वाले अड्डे पर खड़े इफ्तिकार के इक्के को स्टेशन के लिए तीन सवारियाँ मुश्किल से मिली थीं...।

उसके सामने ही बदरी और जमुना के इक्के लद-फँदकर चले गए थे। वे इक्के जिन पर लोग बैठते कतराते थे, मरियल घोड़ों पर रहम करते हुए वे सवारियाँ कूदकर इफ्तिकार के सजे-बजे इक्के पर बैठ जाती थीं।

इफ्तिकार देखता रहा—बड़ी उलझन हो रही थी उसे। शहर में उसका इक्का मशहूर था। उसके घोड़े का सानी नहीं था।...अपने इक्के को वह सजा-सँवारकर रखता था और कंकड़ की सड़क से जब उसका इक्का गुजरता था तो घोड़े के पैरों में बँधे घुँघरू खनकते जाते थे।...इफ्तिकार का इक्का जा रहा है, लोग घरों में बैठे-बैठे ही जान जाते थे। चौथी सवारी के लिए वह तरसता ही रह गया, पर नहीं मिली। उसके दिल पर जैसे किसी ने पहली बार घूँसा मारा था।

बड़े भारी दिल से इफ्तिकार उन तीनों सवारियों को स्टेशन ले गया था; और गाड़ी छूटने का इन्तजार किए बगैर ही वह इक्का हाँक लाया था। घर आकर लस्त हाथों से उसने इक्का खोला था और घोड़े

के घुँघरू खोलकर उसने कोठरी के एक कोने में फेंक दिए थे। तभी सत्तार आ गया था।

"बड़ी जल्दी लौट आए, इफ्तिकार भाई! सवारियाँ नहीं थीं?"

"थीं तो, पर कुछ समझ में नहीं आता सत्तार! मैं मुसलमान हूँ, शायद इसलिए लोग मेरे इक्के पर बैठते कतराते हैं...।"

"ऐसी क्या बात है?"

"स्टेशन का रास्ता सुनसान है न। इसीलिए उन्हें डर लगता है। अरे पूछो, यहीं पैदा हुआ, यहीं रहा-बसा, अब लोग मन ही मन मुझ पर शक करते हैं। समझ में नहीं आता, यह हो क्या रहा है?" बड़े बुझे मन से इफ्तिकार ने कहा था।

"हाँ, रंग-ढंग कुछ मेरी भी समझ में नहीं आते।"

"कुछ नहीं सत्तार, हम गरीब मारे जाएँगे...अपना वतन छोड़कर हम कहाँ जाएँगे? यहाँ पेट नहीं भरेगा तो क्या करेंगे?"

तभी दूर पर डाकबँगले में एकाएक गैस की रोशनी दिखाई दी। पेड़ों की काली कतारों के पार से वह रोशनी छन-छनकर आ रही थी। एक ओर हटकर सत्तार ने देखा और बोला—"लगता है, कोई आया है डाक-बँगले में।"

"होगा कोई अफसर।" इफ्तिकार ने कहा।

"बड़ी तैयारी-सी लग रही है।"

"तो कोई अंग्रेज अफसर आया होगा।" कहकर इफ्तिकार उदासीन हो गया। यूँ ही जब कोई और बात करने की नहीं रह गई तो सत्तार बोला—"साईं बड़ा बवाल खड़ा कर रहा है। कुछ सुना तुमने?"

"नसीबन और बच्चन को लेकर। वही न...अरे, साईं की माया साईं जाने! वह तो ऊँट की जात है, जिसका पता नहीं चलता कि कब किस करवट बैठेगा!"

"साईं पीछे पड़ गया है नसीबन के।" सत्तार ने कहा।

"यह साईं बड़ा घुटा हुआ आदमी है, सत्तार। शहर भर में घूम-घूमकर यह करता क्या है? जितने बुरे फेर वाले लोग हैं, सबसे

दोस्ती है इसकी। इसे अल्लाह से क्या वास्ता?...इफ्तिकार बताता जा रहा था, सत्तार कान खड़े करके सुन रहा था। एक पल रुककर उसने पूछा—"यह साईं कोकीन-वोकीन तो नहीं बेचता? अगर ऐसा हो तो साले को फँसवा दिया जाए।"

"साईं को? उसें फँसवाना टेढ़ी खीर है...पुलिसवालों से बड़ी घुटती है उसकी। वह उन्हें खबरें भी पहुँचाता है..." इफ्तिकार ने भेद भरे ढंग से कहा।

दोनों कुछ देर के लिए खामोश हो गए थे। उनकी आँखें उधर डाकबँगले पर लगी थीं, जहाँ रौनक बढ़ती जा रही थी। एक गैस लैम्प और आ गया था, कुछ चपरासी वगैरह भी बुतों की तरह भाग-दौड़ रहे थे और एक कार से मेम भी उतरी थी।

तभी सलमा की गली से कुछ अजीब-सी आवाजें आने लगीं, दबी-दबी पर दर्द से भरी हुई। सत्तार के कान खड़े हुए, बोला—"लगता है, मकसूद सलमा को मार रहा है।"

"अरे, उस जनखे में इतनी हिम्मत कहाँ?"

"तो औरत पर हाथ क्या कोई मरद उठाएगा...", कहता हुआ सत्तार गली की तरफ चल दिया। कुछ दूर पर वह ठिठककर खड़ा हो गया। सलमा के घर के बाहर कुछेक लोगों का मजमा था और मकसूद चीख रहा था—"अब देखें, कहाँ जाती है सुअर की बच्ची। नौकरी का रोब डालती है। अब बाहर निकले हरामजादी, तो पैर कलम कर दूँ...।"

सत्तार कुछ और पास पहुँचा...देखा, मकसूद सुरमा लगाए और पत्तीदार बाल काढ़े हुए था, माँग बीच से निकली हुई थी।

सत्तार की आँखों में खून उतर आया। सलमा के कराहने और रह-रहकर चीखने की आवाज अब भी आ रही थी। सत्तार तय नहीं कर पा रहा था कि क्या करे!

उसी असमंजस और आक्रोश में पैर पटकता हुआ वह सलमा के घर के पिछवाड़े चला गया...कच्ची दीवार पर नजर पड़ी तो मन में आया, भीतर कूद जाए और सलमा को इस नरक से बाहर ले आए

फिर जो होगा वह देखा जाएगा। वह इरादा कर ही रहा था कि पीछे से आवाज आई—"सत्तार!"

सत्तार चौकन्ना हो गया। ठिठककर उसने देखा—कुछ दूर पर बच्चन खड़ा था।

"क्या है बच्चन भाई।"

"इस वक्त यहाँ क्या कर रहे हो?"

"कुछ नहीं, ऐसे ही..." उससे कोई जवाब नहीं बन रहा था। बच्चन और पास आ गया, उसके चेहरे पर भेद भरी मुस्कान खेल रही थी। अँधेरे में दोनों पुतलियाँ चमक रही थीं, पर बच्चन की आँखों में लाली तैर रही थी...एक खौफनाक लाली। एक क्षण के लिए सत्तार को कुछ घबराहट हुई, फिर वह अपने-आप ही सब कुछ बता गया। सुनकर बच्चन बोला—

"तो घर में कूदकर उसे निकाल लाने की गलती क्यों कर रहे हो? इस तरह तो कानूनन फँस जाओगे...पहले सलमा की मंशा जान लो। अगर वह तैयार हो तो चुपचाप किसी वक्त लेकर निकल जाओ। मेरी जरूरत पड़े तो बताना, समझे! आओ, चलो मेरे साथ।" कहते हुए बच्चन उसे ले आया। मस्जिद के चबूतरे के पास जाकर वह रुक गया। बच्चन लड़खड़ाता हुआ नसीबन के घर की ओर चला गया।

कुछ देर बाद बच्चन को लौटते देखकर वह खड़ा हो गया; लेकिन बच्चन उसे बिना देखे उधर बम्बे वाली पगडंडी की ओर चला गया।

आखिर वह घर पहुँचा तो देखा नसीबन बाहर आ रही है। न चाहते हुए भी वह पूछ बैठा—"इतनी रात में कहाँ जा रही हो?"

"बच्चन के घर तक।"

"लेकिन बच्चन तो उधर बम्बे की तरफ गया है, घर गया ही नहीं है...मैंने खुद देखा है।"

"पता नहीं कैसा बाप है, जो अपने बच्चों तक का खयाल नहीं रखता। इतनी रात उतर आई, बच्चे घर में अकेले पड़े होंगे—भूखे-

प्यासे और यह पट्ठा घूम रहा है। अजीब आदमी है...'' बड़बड़ाती हुई नसीबन बाहर निकल गई। सत्तार ने देखा, उसकी बगल में रोटियों की पोटली थी और गिलास में सालन। उसे यह सब अच्छा-सा लगा...वह तब तक नसीबन को जाते हुए देखता रहा, जब तक वह मोड़ पर ओझल नहीं हो गई।

बकरी के बच्चे टट्टर से बाहर निकल कुलाँचे भर रहे थे। उन्हें टट्टर के भीतर करके सत्तार चुपचाप भीतर पहुँचकर लेट गया।

सुबह उसकी आँख खुली तो शोर-सा सुनाई पड़ा...जैसे घर के पिछवाड़े ही कुछ लोग खड़े होकर बातें कर रहे हों। तहमद कसकर वह बाहर निकल आया तो देखा—डाकबँगला लाल पगड़ीवालों से भरा हुआ था और बस्ती में पुलिस के आदमी मँडरा रहे थे। माजरा उसकी समझ में नहीं आ रहा था। पता नहीं क्या वारदात हुई थी। बच्चे अपने कच्चे घरों के सामने सहमे से खड़े थे। मकतब के मौलवी साहब शायद दरोगा से ही कुछ खुसफुस कर रहे थे और साईं एक ओर खड़ा पुलिस के कांस्टेबुलों से आँखें फाड़-फाड़कर बतिया रहा था। सत्तार को देखते ही मौलवी ने दरोगा को इशारा किया था और उसकी कड़कती हुई आवाज सुनाई दी थी—''पकड़ लो बदमाश को।''

दो पुलिसवालों ने सत्तार के दोनों हाथ पकड़े और लाकर दरोगा के सामने हाजिर कर दिया। सत्तार अचकचाकर अभी कुछ समझने की कोशिश कर ही रहा था कि दरोगा का दस्ती डंडा उसकी पीठ पर पड़ा—''क्यों बे हरामी के बच्चे! कितने दिनों से इधर है?''

''पर हुजूर, मेरा कसूर...'' सत्तार ने एक और वार झेलने के लिए पीठ को सिकोड़ते हुए कहा।

तभी मौलवी ने दरोगा से कहा—''हुजूर, यह वैसे तो मुसलमान है।''

''लेकिन है गद्दार।'' पता नहीं कहाँ से निकलकर मकसूद बोला था। सत्तार कुछ समझ नहीं पा रहा था। तभी मकसूद ने बताना शुरू किया—''हुजूर! मैंने इसे अपनी आँखों से कल रात

बच्चन के साथ पिछवाड़े जाते देखा था। फिर मैंने इन दोनों को सूखा नाला पार कर उधर डाकबँगले की तरफ जाते हुए देखा था, यही कोई साढ़े ग्यारह-बारह का वक्त रहा होगा। दोनों डाकबँगले का चक्कर लगाकर लौटे थे तो कुछ देर मस्जिद के चबूतरे पर बैठे रहे थे।''

''अरे, तो मुझे भी कुछ बताइए...आखिर यह सब क्या है? क्या किया है, मैंने?'' सत्तार ने परेशानी से कहा था।

''चुप बे हरामी के पिल्ले...'' दरोगा ने डाँट दिया और उसे घूरते हुए बोला था—''वहाँ पाँच हजार की हवेली में जब चूतड़ पर डंडे बरसेंगे तो सब बकेगा, अभी कितना भोला बन रहा है साला! ...बच्चन कहाँ है?'' डाँटते हुए दरोगा ने पूछा था।

''बच्चन? मुझे कतई पता नहीं हुजूर!'' सत्तार कुछ घिघियाकर आजिजी से बोला था, पर एक दस्ती डंडा और पीठ पर पड़ गया था।

''यहाँ नहीं कबूलेगा दरोगा साहब।'' मकसूद बीच में बोला था—''वहीं ले जाइए...बड़ा साला हिन्दुओं का हिमायती बनता है।''

''पर हुजूर...माई-बाप, मुझे सचमुच नहीं मालूम कि वह कहाँ है। उधर मकान के पिछवाड़े वह मुझे मिला जरूर था, और मस्जिद तक साथ भी आया था, पर फिर पता नहीं कहाँ चला गया! सच कह रहा हूँ सरकार!''

''सरकार का बच्चा।'' दरोगा ने एक झन्नाटे का थप्पड़ जड़ दिया था—''अबे हमी से हरामजदगी! बोटी-बोटी उड़ा दूँगा। बता कहाँ है बच्चन और कितने आदमी थे चोरी में?''

''कहाँ की चोरी...कैसी चोरी?''

''अबे वहीं की, जहाँ की थी...डाकबँगले की, और कहाँ की?'' कमर पर डंडा ठोंकते हुए दरोगा ने बेरहमी से कहा था।

''मुझे कुछ पता नहीं।'' सत्तार घबरा गया था।

''तुम बस बच्चन का पता बता दो, बाकी सब ठीक हो जाएगा। तुम्हारे ऊपर हर्फ नहीं आएगा, समझे सत्तार।'' मौलवी और साईं समझाने लगे थे।

मकसूद ने इस बीच घर से पान के बीड़े मँगवा लिये थे। उन्हें पेश करते हुए उसने एक तह जमाई—"दरोगा साहब, बच्चन का पता लग जाएगा और साहब का सारा सामान भी मिल जाएगा...आखिर सत्तार अपना भाई-बिरादरी है।" कहते हुए उसने मुस्कराकर साईं की ओर देखा था। साईं की सुरमा लगी आँखों में शैतानी थी।

"दरोगा साहब, खुदा कसम, मुझे बच्चन के बारे में रत्ती भर भी पता नही...आप इत्मीनान तो कीजिए।" सत्तार ने फिर कहा।

"तो नसीबन से पूछकर आ, उसे मालूम होगा।" साईं ने कहा था।

"पता उसे भी नहीं है, पर आप कहते हैं तो पूछ आता हूँ।" कहते हुए सत्तार उठा तो दरोगा ने रोक लिया—"तू रहने दे।...उसे यहीं बुलवाते हैं ?"

और उसके बाद दोपहर तक खोजबीन होती रही। दरोगा की खाट उठकर मकसूद के छप्पर में चली गई। पान और शर्बत आता रहा।

बच्चन का पता लगाने के लिए सत्तार को फिलहाल गिरफ्तार करके थाने में बन्द नहीं किया गया था। उसे खुला छोड़ दिया गया था...ताकि पुलिस उसके इधर-उधर आने-जाने से कुछ सुराग जान सके। अब पुलिस नसीबन को परेशान कर रही थी पर बच्चन का कोई पता नहीं था। रात का गया वह लौटा ही नहीं था। नसीबन दरोगा के सवालों से परेशान आ गई थी और यह कहकर उठ आई थी—"मुझे जब पता ही नहीं है तो क्या बताऊँ...मर्जी मुझे गिरफ्तार करने की हो तो कर लीजिए और मैं क्या कहूँ!"

बस्ती में दिन भर सियापा छाया रहा। लड़के-बच्चे कुछ देर तक तो पुलिसवालों को हैरत-भरी निगाहों से ताकते रहे, फिर इधर-उधर बिखर गए।

लेकिन बच्चन के बच्चे अकेले घर में खामोश बैठे थे। लकड़ी की खिड़की की छड़ें पकड़े दोनों बहुत देर तक कच्ची सड़क की ओर निहारते रहे थे—शायद बापू आ जाए। ऐसा तो कभी नहीं हुआ कि बापू लौटकर न आए? भूख के मारे छोटे लड़के का बुरा हाल हो रहा था, पर बस्ती में छाए सन्नाटे के कारण दोनों सहमे हुए थे। दोपहर ढले जब नसीबन उनके लिए खाना बनाकर पहुँची तो दोनों रो पड़े थे। जैसे-तैसे उन्हें खाना खिलाया था और वहीं रुक गई थी।

शाम होते ही सत्तार आया था—"घर नहीं चलोगी?"

"इन बच्चों का क्या करूँ? कुछ समझ में नहीं आता। बच्चन तो आता दिखाई नहीं देता, पता नहीं क्या हुआ है...वैसे अब उसका आना ठीक भी नहीं है! अगर आया तो पुलिस के चंगुल में फँस जाएगा।"

"अगर उसने कुछ किया नहीं है तो डर किस बात का?" सत्तार ने नासमझी से कहा था।

"तू तो एकदम नासमझ है...लोग दुश्मनी निभा रहे हैं। अच्छा देख, एक काम कर सत्तार।" नसीबन की चिन्ता उभर आई थी—"उधर बम्बे पर जाकर जरा तू नजर रख, शायद बच्चन लौटता हो। आएगा तो उसी पगडंडी से। अगर दिखाई पड़े तो वहीं से लौटा देना। कहना, यहाँ उसके लिए खतरा है...पर तुम भी जरा सँभलकर जाना, कहीं किसी जासूस ने देख लिया और शक पड़ गया तो तुम उलटे फँस जाओगे, समझे!"

"और ये बच्चे?"

"इन्हें मैं साथ घर ले जाती हूँ; वही रखूँगी। जो होगा सो देखा जाएगा।" नसीबन ने कहा था।

सत्तार कुछ भी समझ नहीं पा रहा था। लम्बे रास्ते से बम्बे की ओर जाते हुए उसके दिमाग में तरह-तरह की बातें आ रही थीं। आखिर यह सब माजरा क्या है? शायद नसीबन को बच्चन का पता है, शायद यह भी बच्चन के साथ मिली हुई है...यह चोरी बच्चन ने

ही की है...और इन दोनों के रिश्ते भी कुछ...पर तभी नसीबन का मुरझाया हुआ ढलता चेहरा सामने आ गया। इतनी उम्र में अब भला इस तरह की बातें...रह-रहकर उसका मन उचाट हो जाता था।

चारों तरफ घुप्प अँधेरा था। कुछ देर बाद बम्बे के उस पार अँधियारे में उसे एक काला धब्बा नजर आया था। वह चौकन्ना हुआ पर वह धब्बा बहुत आहिस्ता-आहिस्ता सरक रहा था।

वह टीले से नीचे उतर आया। मुँह पर बम्बे के पानी के छींटे मारे और आँखें धोकर वह गौर से ताकने लगा। धब्बे की दूरी घटती जा रही थी और वह अब ज्यादा तेजी से नजदीक आ रहा था। यह बच्चन ही होगा, पर बच्चन तो पैदल गया था, यह धब्बा तो साइकिल पर लग रहा है।

कुछ आगे बढ़कर उसने पहचाना—वह बच्चन ही था। वह और लपका तो दूर पर ही बच्चन साइकिल से उतरकर ठिठक गया।

"कौन बच्चन?" सत्तार ने आवाज दी।

बच्चन चुप रहा।

"बच्चन भाई, मैं हूँ सत्तार।" कहकर वह आगे बढ़ा तो बच्चन की जान में जान आई। माथे का पसीना कन्धे से रगड़कर पोंछते हुए बच्चन बोला—"इस वक्त इधर कैसे?"

"तुम्हारे इन्तजार में था।"

"क्यों, कोई खास बात? अच्छा जरा साइकिल सँभालना।" बच्चन ने उसे साइकिल थमाकर कैरियर पर बँधी चमड़े की छोटी-छोटी मशकों को जरा ऊपर सरकाया, जो ऊबड़-खाबड़ रास्ते के कारण ढीली होकर एक तरफ लटक आई थीं।

मशकों से कच्ची शराब की गन्ध फूट रही थी। सत्तार का सिर एकबारगी उस तेज महक से गनगना उठा। बोला—"ये मशकें तो यहीं बम्बे में बहा दो और तुम अभी नौ-दो ग्यारह हो जाओ, समझे।"

"क्यों? पुलिस ने छापा मारा है क्या?" बच्चन की आवाज में बेहद परेशानी थी।

"...हाँ, सुबह से पुलिस तुम्हें तलाश रही है। डाकबँगले में कल रात चोरी हुई है, शक तुम्हारे ऊपर है, तुम भाग जाओ।" सत्तार ने कहा तो बच्चन सोच में पड़ गया और अपने आप ही बड़बड़ाने लगा—"सालों का पेट नहीं भरता चाहे जितना रुपया पिलाओ, ये गर्दन पर चढ़ते जाएँगे।" फिर सत्तार से उसने पूछा था—"और दरोगा आया था? कुछ नाम-वाम पता है?"

"जाफर अली बताता था अपने को।" सत्तार ने बताया।

एक पल चुप रहकर बच्चन बोला—"समझ गया, ये अब पीछा नहीं छोड़ेंगे। गनीमत है कि डाकबँगले में चोरी ही हुई है, कहीं कतल हुआ होता तो उसमें भी नाम धर देते।"

"तुम यहाँ से भाग जाओ, बस यही ठीक है। नसीबन बुआ भी यही कह रही थीं कि अगर दिखाई पड़ जाए तो भगा देना। बच्चों की फिक्र मत करो, वे बुआ के घर पर हिफाजत से हैं। इधर जब धूल बैठ जाए तो लौट आना। अब देर मत करो..." सत्तार ने साइकिल का रुख जैसे-तैसे पलटते हुए हैंडिल उसे थमाया—"और सुनो, ये मशकें यहीं बम्बे में खोल दो...।"

"इन्हें लेता जाऊँगा वापस। बहुत पैसे का नुकसान हो जाएगा।" कहते हुए उसने साइकिल को पगडंडी की लीक में डाल दिया।

"अच्छा सत्तार भाई! दो-चार दिन बाद चक्कर लगाऊँगा, तब तक जरा बच्चों का खयाल रखना..."

"खुदा हाफिज!" सत्तार ने कहा और ऊबड़-खाबड़ रास्ते पर उसे डगमगाते जाते हुए देखता रहा।

घर की तरफ लौटते हुए उसे खुशी हो रही थी, जैसे वह कोई बहुत बड़ा काम करके लौट रहा हो, पर वह खुशी धीरे-धीरे गायब हो गई—अपनी परेशानियों में वह उलझ गया—आखिर इस तरह कैसे चलेगा? बिना काम-धाम के कैसे दिन कटेंगे?

न चाहते हुए इफ्तिकार की कोठरी के पास उसके कदम ठिठक गए। इफ्तिकार की कोठरी से मोमबत्ती की रोशनी आ रही थी। इक्का तोप की तरह टिका हुआ था और घोड़ा गर्दन में लटकी बाल्टी से

रातिब की जुगाली कर रहा था। भिड़े हुए दरवाजे से उसने झाँका—इफ्तिकार काँच के चटके हुए गिलास से गटगट पानी पी रहा था। उसके सामने वह तामचीनी की प्लेट भी नहीं थी, जिसमें रोटी रखकर वह कच्चे प्याज और नमक से खाया करता था।

आज इफ्तिकार का फाका हुआ है।

पानी पीकर तहमद से मुँह पोंछते हुए वह बाहर निकलनेवाला था कि सत्तार लौट पड़ा। रुकने और बात करने की हिम्मत ही उसमें नहीं रह गई थी।

थके मन और तन से वह घर लौट आया। नसीबन को सब कुछ बताकर वह अपनी दरी पर लेट रहा। कुछ देर बाद नसीबन तो सो गई पर सत्तार की आँखों में नींद नहीं थी।

कोहनी के बल बैठकर वह कुछ पल नसीबन को ताकता रहा—जैसे आज पहली बार अच्छी तरह पहचानने की कोशिश कर रहा हो।

आज पहचानते-पहचानते उसे एकाएक ऐसा लगा था जैसे वह नसीबन को सचमुच पहली बार देख रहा हो। उसके सब नक्श, कानों में पड़ी चाँदी की बालियाँ, उलझे हुए बाल और चेहरे की झुर्रियाँ, गर्दन के पास उभरी हुई नसें और सूखी छातियाँ...हाथों की अँगुलियों के काले और टूटे हुए नाखून, सूखी बाँहों में तार की तरह उभरी हुई नसें और साँस से जीवित होने का भ्रम पैदा करता हुआ पूरा शरीर—जैसे सब कुछ उसके लिए एकदम नया था। उस काया से वह नसीबन का नाम जोड़ ही नहीं पा रहा था।

कोहनी दर्द करने लगी तो वह सीधा लेट गया।...

और उधर शहर में अजीब-सा सन्नाटा छाने लगा था। कभी-कभी कुछ सनसनाहट भी होती तो सन्नाटा टूटता-सा लगता। शहर की धड़कनें कभी तेज होतीं, कभी धीमी पड़ जातीं...कभी बहुत लोग शंकित और त्रस्त-से नजर आते और कभी उनमें उद्दाम उत्साह-सा लहर मारता दिखाई देता।

जब से आजाद हिन्द फौज का मुकदमा निपटा था, तब से एक और तरह का अलगाव नजर आने लगा था। आपसी भाईचारे की भावना भीतर ही भीतर सिमटकर समाप्त-सी हो गई थी। दोनों जातियों में अपने हिन्दू और मुसलमान होने का अहसास बढ़ता जा रहा था। हिन्दू शायद अपने को एकाएक ज्यादा हिन्दू समझने लगे थे और मुसलमान अपने को ज्यादा मुसलमान।

पुलिस पर से भी लोगों का विश्वास उठता जा रहा था—खासकर हिन्दुओं का—अगर शहर कोतवाल का तबादला हुआ और मुसलमान कोतवाल के आने की खबर मिलती तो हिन्दुओं को भीतर ही भीतर परेशानी-सी होती और मुसलमानों को कुछ राहत मिलती। पुलिस में ज्यादातर मुसलमान कांस्टेबल ही थे, इसलिए हिन्दुओं को बराबर यही लगता कि आफत-मुसीबत के वक्त उनका साथ पुलिस नहीं देगी...और मुसलमानों को कुछ-कुछ यही भरोसा था, कि अगर कहर टूटा ही तो कम से कम पुलिस तो साथ होगी, दस-बीस हिन्दू हवलदार क्या कर लेंगे!''

शहर के अंग्रेज अफसरों से मुसलमानों को बहुत मदद की उम्मीद थी, क्योंकि कहीं भीतर ही भीतर उन्हें यह विश्वास था कि जिन्ना साहब की पीठ पर अंग्रेजी सरकार का हाथ है और वक्त आने पर अंग्रेज अफसर मुसलमानों का साथ देंगे।

और हिन्दुओं को आसरा था शहर के धनी-मानी घरानों और आस-पास के गाँवों के ठाकुरों-अहीरों का। अगर मारकाट हुई तो गाँवों के लड़ाके ठाकुरों और अहीरों के जत्थे के जत्थे आएँगे और मिनट-भर में सब सफाया कर देंगे...पुलिस क्या करेगी तब?

सभी मजलिसों से भीतर ही भीतर इन्हीं बातों की अनुगूँज थी और अलग-अलग जातियों के मुहल्लों में एक-दूसरे की ज्यादतियों और बदमाशियों, चालों और फरेबों की दिमागी लिस्टें बन रही थीं...एक-एक घटना के मतलब निकाले जा रहे थे और उन्हें पुरानी बातों के सन्दर्भ में तौला जा रहा था।

बहुत सूक्ष्म अन्तर जगह-जगह उभरा था। अभी तक बाजार में हिन्दू और मुसलमान को पहचानने के लिए आँखों पर कुछ जोर डालना पड़ता था, पर अब उसकी जरूरत नहीं रह गई थी। चौक बाजार में दरी और चादरों के मुसलमान व्यापारी सफेद लुंगी के बजाय चारखाने की लुंगी पहनने लगे थे और ऊपर तंजेब के कुरते की जगह वाइल की रँगी हुई हरी कमीजें। बिसातखाने के बिसाती रोजमर्रा का सामान रखने के साथ-साथ अलीगढ़ की छपी हुई कुछ उर्दू किताबें और पर्चे भी रखने लगे थे।

अब मन्दिरों में बिला नागा शाम को आरती होती थी और घंटे-घड़ियालों का शोर देर-देर तक शाम के धुँधलके में ठहरा रहता था...उनकी गूँज दूर-दूर तक सुनाई पड़ती थी। गलियों में पुजारियों के खड़ाउँओं की आवाज अब बहुत साफ-साफ सुनाई पड़ती थी।

मस्जिदों के मुअज्जिन भी अब गला खोलकर अजान देते थे और मस्जिदों की नमाज में शामिल होनेवालों की तादाद बढ़ गई थी।

इसी समय शहर में मुसलमान फकीरों और हिन्दू साधुओं की बाढ़ सी आई थी। कटरा के लाला सीताराम, छपट्टी के मुख्तार साहब, चौबियाने के चौबे जी और बजरिया के पुन्नू लाल के यहाँ एक-एक स्वामी जी निवास कर रहे थे और सभी जगहों पर हर शाम रामायण, भागवत आदि पर प्रवचन हो रहे थे।

गुलाब बाग, दरीबाँ और खानकाह के पीछे वाले मुहल्ले में पहुँचे हुए फकीर शरीयत समझा रहे थे...और धूनी रमाकर डटे हुए थे।

उधर चिकवों की बस्ती में साईं का दबदबा और बढ़ गया था। मकसूद और यासीन बहुत व्यस्त और परेशान नजर आते थे।

बरसात के दिन थे। आसमान रह-रहकर काला पड़ जाता था और बादल टूटकर बरस पड़ते थे। पूरी बस्ती में सोंधी मिट्टी की महक भरी हुई थी, पतली गलियों में पानी जमा हुआ था। घरों के

दरवाजों पर पड़े टाट के पर्दे जिरहबख़्तर की तरह भारी होकर झूल आए थे। बेहद उमस और सीलन थी।

इफ़्तिकार का घोड़ा पूँछ से मक्खियाँ उड़ाते-उड़ाते परेशान था और झुँझलाकर हिनहिना उठता था।

मस्जिद और मन्दिर की दीवारें कोपलें फोड़ती घास और काई से भरी हुई थीं। चबूतरों की ईंटों और दरारों में गिजाइयाँ रेंग रही थीं और लड़कों के गोल गीली और फुसफुसी मिट्टी में से गेंसे पकड़-पकड़कर जमा कर रहे थे।

अभी पानी थमा ही था कि अपने तहमद से पसीना पोंछते हुए मकसूद ने मस्जिद की दहलीज में जमा कुछ आदमियों की भीड़ में आकर दरयाफ्त किया—"मौलाना साहब को लाया जाए?"

"जरूर लाओ भई, देर हो रही है।"

"बस, जरा चाय पी लें, मैं साथ लेकर आता हूँ...।"

और मौलाना के आने तक उस पचीस-तीस आदमियों की भीड़ में यही चर्चा होती रही कि मौलाना साहब जनाब लियाकत अली साहब के घराने के हैं, इधर से जौनपुर जा रहे थे कि यासीन भाई ने एक शाम के लिए इसरार करके रोक लिया। मौलाना साहब को सब पता है कि क्या होने वाला है, और पाकिस्तान कब बन रहा है...इतना ही नहीं, जिस वक्त पाकिस्तान का ऐलान होगा, उस वक्त हिन्दुस्तान के मुसलमानों को किस तरह पेश आना है, यह भी वे बताएँगे।

ये बातें चल ही रही थीं कि मौलाना साहब बुर्राक अलीगढ़ी पैजामा और शेरवानी पहने तशरीफ लाए। उनकी शेरवानी के बटन चाँदी के थे और उनमें चाँद तारा बना हुआ था। उनकी अँगुलियों में कई अँगूठियाँ थीं और आँखों में सुरमे की हल्की-सी रेख, मुँह में गिलौरियाँ और सर पर फैज टोपी।

सीले हुए मसनद और भीगी हुई जाजिम पर मौलाना साहब बेहिचक बैठ गए। उनकी दाहिनी तरफ था यासीन और बाईं तरफ साईं।

मौलाना ने बहुत बड़प्पन से समझाना शुरू किया—"तो बिरादराने कौम! मुझे बहुत खुशी है कि आज शाम मैं आप सबके बीच में हूँ। जिस तरह हालात रंग बदल रहे हैं, और मुल्क में होनेवाली सियासी तब्दीलियों के आसार नजर आ रहे हैं, उनसे अब यह साफ जाहिर है कि अपना पाकिस्तान बनकर रहेगा। हिन्दू कांग्रेस और अंग्रेज चाहे जितना जोर लगा लें, अब उनके किए कुछ होता नहीं...यह बात दुनिया पर जाहिर हो चुकी है कि हिन्दोस्तान में दो कौमें रहती हैं, और अब वे साथ-साथ नहीं रह सकतीं।

"हिन्दू कांग्रेस ने विधान बनानेवाली सभा में शामिल होना मंजूर कर लिया है और जो अन्तरिम सरकार बन रही है, उसमें शामिल होना नामंजूर किया है। कायदे-आजम जिन्ना साहब ने बड़े लाट से कहा कि अगर कांग्रेस अन्तरिम सरकार में शामिल नहीं होती, तो और बकिया पार्टियों को लेकर अन्तरिम सरकार बना ली जाए। वायसराय ने इस बात को नहीं माना, इसलिए जिन्ना साहब ने पूरी स्कीम ही ठुकरा दी है। फिर भी बड़े लाट ने अपने वजीर चुन लिये हैं, उसके खिलाफ सोलह अगस्त को 'प्रोटेस्ट डे' मनाने का ऐलान कायदे-आजम ने किया है...।

"फिलहाल मैं यही कहना चाहता हूँ कि आप सब मुसलमान सोलह अगस्त का दिन एक रंज-भरे दिन की तरह मनाएँ। काले झंडों का जुलूस निकालें और यहाँ के अफसरान पर यह जाहिर कर दें कि मुसलमान इस दिन को मातम का दिन मानता है। वह हिन्दू सरकार के मातहत नहीं रहेगा और हिन्दुओं के पिट्ठू अंग्रेजों की भी मुखालफत करेगा...।"

मौलाना साहब ने जो कुछ फरमाया था, उसे लोग समझे तो नहीं थे, पर उन्हें यह जरूर लगा था कि मुसलमान कौम के साथ अंग्रेज अब दगा कर रहा है और दिन बुरे आ रहे हैं। मौलाना साहब के जाने के बाद मौलवी साहब कुछ देर तक अपनी बातें समझाते रहे, तभी किसी ने खबर दी—"दरोगा साहब आए हैं।"

सब लोगों के कान खड़े हो गए, मकसूद ने कहा, ''शायद बच्चन पकड़ा गया है।''

तभी दरोगा साहब ने आवाज लगाई—''मकसूद साहेब।'' मकसूद उन्हें भीतर दहलीज में ले आया। दरोगा ने जमा लोगों को देखते हुए कहा—''कहिए साहबान! तो अपना काम नहीं बनेगा?''

''बनेगा क्यों नहीं साहब! बच्चन के दोनों बच्चे नसीबन के यहाँ हैं। वह वक्त-बेवक्त बच्चों को देखने आएगा जरूर और उसी वक्त उसे गिरफ्तार किया जा सकता है और कोई रास्ता नजर नहीं आता।''

''तो नसीबन के घर पर नजर कौन रखेगा, पुलिस का आदमी रहेगा तो वे सनक जाएँगे और बच्चन कभी नहीं आएगा...इसलिए आप लोगों में से ही कुछेक को यह काम करना पड़ेगा। अगर बच्चन नहीं पकड़ा जाता तो अपनी बड़ी किरकिरी होगी...अब आप लोग साथ दें तो काम बन सकता है।'' दरोगा बोला।

''साथ क्यों नहीं देंगे, साहब! अरे हम और किस दिन काम आएँगे आपके?'' सुबराती ने अदब से कहा और पूरा जिम्मा ले लिया।

दरोगा साहब के चले जाने के बाद साईं नसीबन के घर की ओर गया था। भीतर से लैम्प की रोशनी आ रही थी और टाट के पीछे कुछेक लोग बैठे नजर आ रहे थे। साईं ने आवाज देकर नसीबन को बुलाया। नसीबन के हाथ आटे में सने थे। साईं को देखकर उसकी भौंहों पर बल पड़ गए थे पर अँधेरे में साईं यह देख नहीं पाया। साईं बहुत अपनेपन से नसीबन से बोला—''अरे, इस वक्त भी खाना बना रही हो नसीबन!''

''तो और क्या करूँ? इतने बच्चे हैं घर में। करना तो पड़ता ही है।''

साईं पास पड़े पत्थर पर बैठ गया था, एक क्षण ठिठककर उसने बहुत चतुराई से कहा था—''तू खुद ही तो मुसीबत पाल लेती है। खुद परेशान होती है और लोगों को अंट-संट बात करने का मौका

देती है...अब यही बच्चन वाली बात है नसीबन। किसकी जुबान पर रोक लगाई जाए, जो जिसके मुँह में आता है, बकता है...बर्दाश्त तो मुझसे भी नहीं होता, पर करूँ क्या, तू तो खुद उन्हें यह सब कहने का मौका देती है...।''

''लोगों का क्या है साईं? जो मन में आए बकें...मैं क्या कर सकती हूँ।''

''नहीं, नसीबन, यहीं तू गलत सोचती है,...भला बता, यह कोई कैसे बर्दाश्त करेगा कि तेरा एक हिन्दू के साथ इतना मेल-मिलाप हो। अपने लोग भी हैं, पर बच्चन के साथ तेरी रब्त-जब्त किसी को नहीं सुहाती...कोई कैसे बर्दाश्त करेगा कि इस तरह एक मुसलमान घराने की औरत हिन्दू के घर बैठ जाए।''

''क्या मतलब?'' नसीबन के माथे पर पसीना छलछला आया था—''साईं, कहनेवाले कहा करें...पर मेरा अल्लाह जानता है। दिल पे हाथ रखकर ईमान से कहना साईं—अब पचास के आस-पास आकर क्या यही सब बाकी रह गया है मेरे लिए...इस उमर में हूँ और लोगों को शरम नहीं आती ऐसी बातें करते हुए और तुम खुद सुनते हो, और शिकायत-शिकवे लेकर आते हो, खुद जवाब नहीं दिया जाता तुमसे?''

कुछ क्षणों के लिए साईं बगलें झाँकने लगा था। फिर उसने नसीबन की बात का रुख बदलते हुए कहा—''उम्र अपनी जगह है नसीबन।''

''तो अब आशनाई करने के दिन हैं मेरे? जो मन में आए सोचो साईं...मेरा क्या बिगड़ता है?''

नसीबन की बात बीच में काटकर बड़े भेद-भरे लहज़े में साईं ने कहा—''अब देखो न, लोग तरह-तरह की बातें कहते हैं...इलाही कह रहा था कि बच्चन ने अपनी बीवी का सब चाँदी का जेवर तक तुम्हें दे दिया और तुम घरवाली की तरह उसका सब कुछ...।''

नसीबन बिफर आई थी—''साईं, तुम्हारा मतलब क्या है? तुम चाहते क्या हो?''

"मैं काहे को कुछ चाहूँगा...पर नसीबन, यही समझाने मैं आया था कि वक्त बहुत बुरा आ गया है...पूरे मुल्क में हिन्दू कौम मुसलमानों के खून की प्यासी हो रही है और तू है कि बच्चन के लौंडों को घर पर उठा लाई...उसके पीछे पुलिस पड़ी है और तू है कि अपनी नादानियों से बाज नहीं आती। कल को खुदा न करे, कुछ गड़बड़ हुआ तो यही बच्चन तेरे खून का प्यासा हो जाएगा...हमने तो यहाँ तक सुना है कि डाकबँगले में चोरी करके बच्चन नदी पार के ठाकुरों के यहाँ छिप गया है और वहाँ जो फौजें मुसलमानों के कत्लेआम के लिए बन रही हैं, उनका सरगना बन गया है और तुम उन सँपोलों को दूध पिला रही हो...।"

"कैसी बात करते हो साईं? कहाँ की बातें हैं ये सब? तुम भी अच्छी तरह जानते हो कि बच्चन का चोरी में कोई हाथ नहीं है, दरोगा उससे किसी बात पर नाराज है, इसीलिए इस चोरी में उसे फाँसा गया है और तुम सब लोग उस बदमाश दरोगा का साथ दे रहे हो।" नसीबन अपने को रोक नहीं पा रही थी।

साईं पत्थर से उठकर खड़ा हो गया था। चलते-चलते उसने फिर एक बार जैसे नसीबन को आगाह किया—"अब सोच लो तुम अपना भला-बुरा...मेरा फर्ज था तुम्हें समझा देना, सो पूरा कर दिया, अब जैसी तुम्हारी मर्जी...जबर्दस्ती तो मैं कर नहीं सकता...कल को आफत-मुसीबत पड़ेगी तो कोई साथ नहीं देगा।"

"अरे, तो कौन-सा कहर टूटने जा रहा है, जो डरा रहे हो साईं?"

"तेरी समझ में कुछ नहीं आएगा, तू तो अन्धी हो रही है अन्धी!" कहता हुआ साईं अपनी कोठरी की ओर चला गया। चिपचिपाती गली में वह छप्परों के नीचे-नीचे होता हुआ जा रहा था कि दूसरी तरफ वाली पटरी पर एक छाया उसे देखकर कुछ ठिठकी और खामोशी से खड़ी रह गई।

साईं जब आगे निकल गया तो वह छाया जल्दी-जल्दी बढ़ी और नसीबन के घर में समा गई।

"अरे सलमा तुम!" रोटी सेंकते हुए नसीबन ने अचरज से कहा—"क्यों, क्या बात है जो इस वक्त आना पड़ा?"

सत्तार छप्पर के अड़ाने के पास भौचक्का-सा खड़ा था, उसकी बाँहों में खून की हरकत तेज हो गई थी और उसे लगा कि शायद अब इसी वक्त उसे कुछ करना होगा। वह सलमा की तरफ एकटक देख रहा था कि उसके मुँह से बात निकले और वह जाकर मकसूद का गला दबा दे...हमेशा के लिए वारा-न्यारा कर दे।

तभी सलमा ने कहा था—"जरा खयाल रखना अपना और आने-जानेवालों का। सुना है कि दरोगा ने सुबराती को बच्चन को पकड़ने के लिए तुम्हारे घर पर तैनात किया है। अभी घर में यही बातें हो रही थीं। सुबराती भी वहीं था, अभी तीनों कहीं निकलकर गए तो मौका पाते ही मैं चली आई...अच्छा, अब चलती हूँ...।"

जाते-जाते सलमा ने एक भरी-भरी नजर सत्तार पर डाली थी, खामोशी से ही जैसे वह बहुत-कुछ कह देना चाहती थी। सत्तार कुछ पूछने के लिए अपने को मन-ही-मन तैयार कर रहा था कि वह पर्दा उठाकर बाहर हो गई...वह जब तक कुछ बात करने के लिए तैयार हो, तब तक सलमा आधी गली पार कर गई थी और दरवाजे के बाहर चौखट पर अटककर वह देखता रहा था—सलमा की चाल में भारीपन-सा समाया हुआ था...और उसे लगा था, जैसे किसी अनजानी मार से उसका अपना बदन उस क्षण बुरी तरह दुख रहा है...वह चलने लायक नहीं है।

चौखट पर खड़ा-खड़ा वह अपने खयालों में डूबा हुआ था कि गड़गड़ाहट के साथ एक तेज बौछार बिखर गई। मुँह पर पड़ा पानी पोंछता हुआ वह भीतर भागा। नसीबन बच्चों के लिए खाना परोस रही थी। वहीं पास बैठकर उसने धीरे से पूछा—"क्यों, शायद आज रात बच्चन इधर का चक्कर लगाए?"

"कमबख्ती आई होगी तो जरूर लगाएगा।" नसीबन बोली।

"बारिश बहुत तेज हो गई है।"

"अरे, उसका कोई भरोसा नहीं, बारिश नहीं, कहर टूटे...अगर उसे आना होगा तो आएगा।"

"यहाँ तो जाल बिछा है।"

"तो कोई क्या करे? आएगा तो फँसेगा। रहे बच्चे, सो मैं देख रही हूँ...जैसा बाहर है वैसे ही जेल के भीतर। हमें क्या फरक पड़ता है? हाँ नहीं तो!" नसीबन बड़बड़ाती जा रही थी—"और दुश्मनी करे पुलिसवालों से...कोई कहाँ-कहाँ हाथ लगाएगा?"

और खाना खाकर उसी मूसलाधार बारिश में सत्तार बाहर निकल गया था, चलते-चलते इतना कह गया था—"बच्चन को आगाह कर आऊँ, क्या पता वो इधर आ ही जाए...।"

नदी का पाट फैल गया था। नदी की सतह पर बारिश की लगातार बूँदें ऐसे गिर रही थीं जैसे नदी और आसमान के बीच सूत पिरो दिए गए हों। अँधेरे में वह झीना पर्दा बड़ा स्वप्निल लग रहा था।

सत्तार भीगता हुआ धीरे-धीरे बढ़ता जा रहा था। मैदान में जगह-जगह पानी के शीशे चमक रहे थे—धुँधले और स्याह शीशे। श्मशान के ताड़ों पर पानी बहुत शोर कर रहा था और मैदान में मेढक टर्रा रहे थे। ताड़ों पर बैठे हुए गिद्ध चुपचाप भीग रहे थे। सत्तार आगे बढ़ता जा रहा था...इस वक्त उसे यह भी अन्दाज नहीं था कि वह क्यों बढ़ता जा रहा है? क्या वह सचमुच बच्चन के लिए हमदर्दी की वजह से इस आँधी-पानी की रात में निकल पड़ा है? फिर उसे लगा था कि एक ही तार है जिससे वह बँधा हुआ है...और वह है सलमा की बात का, बच्चन के प्रति उसकी चिन्ता का।

दूर पर, नदी किनारे मछुआरों की बस्ती थी...ऐसे मछुआरे जो खेतीबारी भी करते थे और मौसम होने पर ठेका लेकर मछलियाँ भी पकड़ते थे। नदी के रेतीले पाट में वे ककड़ियाँ, खरबूजा-तरबूज और कुछ साग-सब्जियाँ भी उगा लेते थे तथा ऊपरी मैदानों में बाजरा, रौंसा वगैरह छिटककर कुछ पैदा कर लेते थे। गिने-चुने मकान थे

उनके, बरसात में यह मकान भी कभी-कभी छोड़ने पड़ जाते थे और एकाएक नदी का पानी बढ़ जाने से खेत भी चौपट हो जाते थे। इसीलिए कोई भी ऐसा धन्धा करने में उन मछुआरों को परेशानी नहीं होती थी, जिससे चार पैसे हाथ में आते हों।

बच्चन के कच्ची शराब के धन्धे में मानिक और उसके दोनों भाई भी हाथ बँटाते थे। ज्यादातर शराब की मशकें किसी सुनसान जगह पर ही रखी जाती थीं और नाव द्वारा इस पार लाई जाती थीं। पुल से लाना उतना आसान काम नहीं था...एक तो चुंगी-टैक्स की झोंपड़ी वहीं थी, दूसरे महसूल का रवन्ना काटनेवाला मुंशी धाकड़ पियक्कड़ था। वह सुराही में तीन-चार बोतलें उलटवा लेता था और उसके बावजूद कसे रखता था। फिर चौकीदार भी कम नहीं था, वह बख्शीश ऊपर से लेता था और बड़ा कुल्हड़ निकालकर उसी में घट-घट पी जाता था। नुकसान तो इससे बहुत नहीं होता था, पर इतनी घूस देने के बाद भी मुंशी के पैर के अँगूठे के नीचे ही रहना पड़ता था।

इसीलिए बच्चन ने मानिक से साँठ-गाँठ की थी और उसे अपने व्यापार में साझा दे दिया था। उसकी नाव अपनी थी, इसलिए किराए-विराए का चक्कर भी नहीं था।

और फिर बच्चन के लिए सबसे बड़ा आकर्षण थी, मानिक की घरवाली—रुकमिन, जिसे वह भौजी कहकर पुकारता था और जब भी मशकें लाता, उसे बगैर पिलाए नहीं जाता था। रुकमिन जब पीकर बहकती थी तो बच्चन को बड़ा रस मिलता था...खासतौर से इसलिए भी कि वह मानिक को तब बहुत सताती थी।

जिस दिन मशकें उतरनेवाली होतीं, रुकमिन रोहू या पढ़िना मछली जरूर पकड़कर लाती और तलकर रख लेती थी। अंगुल भर की कलेजी का टुकड़ा होता, पर उसी पर मानिक से उसका झगड़ा होता—कभी-कभी तो मारपीट तक हो जाती। बच्चन तभी रुकमिन को कन्धे से पकड़कर दो घूँट और पिला देता तब उसके चारों ओर भीगी काली मिट्टी, पसीने और मछली की सिसआइन्द भर

जाती...रुकमिन की बाँहों में उसे मछलियाँ-सी पड़ती महसूस होतीं और उसका शरीर फरकने लगता था।

पता नहीं उस वक्त रुकमिन को क्या होता था कि बच्चन महसूस करने लगता था कि वह उसी के पास सटी बैठी रहना चाहती है। उसकी तनगन्ध से वह बेसुध होता था। पर वह जब भी कसकर पकड़ना चाहता, वह मछली की तरह हाथों से फिसल जाती थी। बच्चन रह-रहकर तड़पता था और उसे मात्र इसी बात से सन्तोष मिल जाता था कि रुकमिन मानिक को उसके सामने बेइज्जत कर देती थी। पर बच्चन ने कभी अकेले में मानिक को अपनी इस खुशी का एहसास नहीं होने दिया। मानिक से वह बिगाड़ भी नहीं करना चाहता था।

जब से डाकबँगले में चोरी हुई थी और पुलिस उनके पीछे पड़ी थी, वह बस्ती में नहीं जा पाया था। शहर में घुसने की उसकी हिम्मत नहीं पड़ रही थी। पुलिस के रुख का कुछ पता नहीं चल रहा था और धन्धे में बराबर नुकसान हो रहा था।

ऐसा भी कोई नहीं था, जिससे वह खुलकर बात कर लेता। लड़के की हड्डी जब टूटी थी, तब नसीबन अपने-आप ही आई थी और सब कुछ सँभालकर बैठ गई थी। उस वक्त बच्चन को बड़ा सहारा मिला था। पर जब बस्ती में उसे लेकर फुसफुसाहट शुरू हुई थी तो बच्चन ने पूरी आँखें खोलकर नसीबन को देखा था...शायद कहीं पर...शायद कुछ...पर दूसरे ही पल उसे अपने पर गुस्सा आया था और मन उचाट हो गया था।

नसीबन के बाएँ हाथ की बीच वाली अँगुली का टूटा हुआ नाखून उसे बार-बार कुछ याद दिलाता था...।

जब माँ मरी थी और उस पर कपड़ा डाल दिया गया था तो बायाँ हाथ भूल से बाहर रह गया था...और उसकी बीचवाली अँगुली का नाखून कुछ इसी तरह टूटा हुआ था। आँसू भरी आँखों के पार से उसकी नजर बार-बार उसी नाखून पर अटक जाती थी और मन भर-भर आता था।

उस रात जब उसे बच्चों को छोड़कर भागना पड़ा था तो वह मृत बीवी का चाँदी का जेवर नसीबन को सौंप आया था—"मैं इसे कहाँ रखूँगा?"

फिर मन के चोर ने सोचा था—यह गलत किया।

और एक दिन नदी किनारे मानिक के साथ बैठे-बैठे जब वह गप्पें लड़ा रहा था तो पता नहीं मन की किस रौ में उसने फूँक लेने के लिए झूठ-मूठ गढ़कर बात सुनाई थी—"मानिक भाई, अपना तो एक इन्तजाम है, वहीं बस्ती में। बड़ी चौचक औरत है।" कहते-कहते उसे किसी असलियत की जरूरत पड़ी थी जो कि उसकी बात का वजन दे सके, तो उसी धुन में उसने नसीबन की एक मूरत सामने खड़ी करके सब कुछ बता डाला था—"उसका दिल तो बहुत दिनों से था, पर मैं कुछ खयाल ही नहीं करता था। एक दिन लड़के की हड्डी टूटी तो वह अपने-आप आ गई, फिर रहना-बसना हो गया।" बच्चन बताता जा रहा था और साथ ही यह भी कह गया—"मैंने तो उसे मन से मान भी लिया, सो घरवाली का सब जेवर भी उसे सौंप दिया...।"

उस वक्त कच्ची जरा ज्यादा चढ़ी हुई थी और रुकमिन भी पहले से जरा ज्यादा अच्छी तरह पेश आई थी, इसी से मन में शक बैठ गया था कि कहीं मानिक उसके अन्दरूनी खयालों को भाँप न जाए...और वह गढ़-गढ़कर बातें सुनाता गया था—"है बड़ी सुन्दर! भरा हुआ जिसम है और मन की बड़ी नेक।"

पर उसी क्षण उसे लगा था कि यह मूरत नसीबन से कहीं दूर चली गई थी—यह उसके मन की औरत की तस्वीर थी...शायद रुकमिन की।

मानिक सब कुछ चुपचाप सुनकर हाँ-हूँ करता रहा था। बीच-बीच में रस लेने के लिए वह एकाध सवाल भी कर बैठता था तो बच्चन मजा ले-लेकर बातें गढ़ता जाता था और सुनाता जाता था।

"नाम क्या है?..." मानिक ने पूछा तो वह अचकचा गया था और दबसट में पड़ गया था। नसीबन का नाम उसकी जबान पर नहीं आया था, मन में घृणा-सी भर गई थी कि वह किसे लेकर ये बातें कह गया है?...बीच वाली अँगुली का टूटा हुआ नाखून! उसका सिर भन्ना उठा था और मन पश्चात्ताप से भर आया था। चुपचाप उसने मानिक की तरफ देखा था—मानिक की आँखों में पिछले दिनों से निरन्तर डूबते-उतराते शक की परछाईं उसे तल में बैठती दिखाई दी थी।

इस झूठ-मूठ के किस्से से मानिक का व्यवहार ही बदल गया था और उसे यह बहुत अच्छा लगा था—अब वह रुकमिन से खुलकर खेल पाएगा और मानिक के मन में सन्देह नहीं बैठेगा।

पर इस सबमें नसीबन को सान लेने के कारण, रह-रहकर दिल कहीं कचोटता था और वह तस्वीर बन ही नहीं पाती थी जो रौ में वह मानिक के सामने खींच गया था। जब भी वह सोचता तो मन में कहीं चोट लगती थी कि नसीबन ने उसके साथ क्या किया और वह क्या सोच गया।

इससे भी ज्यादा तो ग्लानि उसे तब हुई थी जब एक दिन रुकमिन से भी उसने इसी तरह की बातें कह डाली थीं...अपना रोब जमाने के लिए।

मानिक और रुकमिन के साथ उसके सम्बन्ध ऐसे हो गए थे कि अब वह कही हुई बातों से पलट भी नहीं पाता था। बस्ती में कोई ऐसा नहीं था, जिसके पास बैठकर मन के इस सारे गुबार को निकाल ले। और जब से ये किस्से हुए थे, तब से उसका कहीं भी आना-जाना बन्द हो गया था। बहुत हिम्मत करके वह नदी पार मानिक के घर आता था। नदी के उस पार दूसरे जिले का इलाका था और यहाँ की पुलिस तिलमिलाकर रह जाती थी।

आज मशकें भी नहीं उतरी थीं। मछुआरों को जो जरूरत पड़ी थी, तो मानिक के घर से निकल आई थी। रुकमिन ने अलग से बचाकर थोड़ी-सी रख ली थी। मछलियाँ भी पानी के तेज बहाव

के कारण हाथ नहीं आई थीं, सो उसने सूखे झींगे तल लिये थे। ढिबरी की रोशनी में तीनों बैठे पी रहे थे और अपनी ही बातों में मशगूल थे।

सत्तार चलता-चलता नदी किनारे के गाँव तक पहुँचा तो सूनेपन से घबरा गया। बारिश की वजह से सन्नाटा और भी गहरा रहा था। कहीं रोशनी भी नजर नहीं आ रही थी। गनीमत यही थी कि मछुआरों के कुत्ते भीतर दुबके हुए थे, नहीं तो अब तक हमला हो जाता। हवा की तेजी के कारण उसे कुछ-कुछ सर्दी-सी लग रही थी। दो-तीन मिनट रुककर वह सुनगुन लेता रहा, तभी उसे किसी के हँसने की आवाज सुनाई दी और उसी के साथ ढिबरी की चमक भी दिखाई दी। वह कुछ और पास पहुँचा तो बातचीत सुनकर उसे यकीन हो गया कि यही घर उस मछुआरे का है, जहाँ बच्चन का उठना-बैठना है। एक बार बच्चन ने ऐसे ही जिक्र किया था।

आगे बढ़कर उसने आवाज लगाई—"चौधरी! ओए चौधरी!!"

"अब एक बूँद भी नहीं है।" रुकमिन भीतर से बोली थी तो मानिक ने उसे डपटा था—"पहले सोच-समझ लिया कर तब आवाज दिया कर।"

"तो और कौन मौत का मारा आएगा इस बेरा-बखत! अद्धा-पउआ की जरूरत पड़ी होगी तो चला आया होगा।"

सत्तार ने फिर आवाज लगाई तो बच्चन निकलकर देखने आया। सत्तार को सामने देखकर उसके मन में सनाका हो गया—जरूर कुछ और गड़बड़ हुआ है, नहीं तो यह इस वक्त क्यों आता? सकपकाकर बच्चन ने पूछा—"खैरियत तो है?"

"हाँ-हाँ, सब ठीक-ठाक है।"

"इस वक्त कैसे आना हुआ?"

"तुम्हें आगाह करने आया था। सुबराती दिन-रात घर पर पहरा दे रहा है, तुम भूलकर भी उधर मत जाना। बस, इतना ही कहने

आया था...'' सत्तार ने कहा और उसे अपने कुछ देर पहले के जुनून पर खुद ही हँसी आ गई—यहाँ तक चला आया! इस आँधी-पानी में!

''भीतर तो आओ।'' कहते हुए बच्चन उसे घसीट ले गया। मानिक और रुकमिन से जान-पहचान हुई और एक कुल्हड़ उसके सामने भी आ गया।

दो-चार घूँट के बाद सत्तार ने शरीर में कुछ सनसनाहट और जिन्दगी-सी महसूस की। बड़ी देर तक मस्ती की बातें होती रहीं और सत्तार ने यह भी बताया कि साईं, मकसूद और यासीन किस तरह की बातें फैला रहे हैं...पर शिकायत तो उसे शहर के हिन्दुओं से भी थी, बड़ी दबी जबान में वह सब बता गया था, लेकिन ये बातें सभी के दिमाग के बाहर की थीं। इसलिए रुकमिन ने दूसरी बात छेड़ी—''अरे, वह कौन औरत है जिसने बच्चन का माल दबा रखा है?'' उसने बेलाग ढंग से कहा था, पर बच्चन का चेहरा फक् हो गया था, उसने बात घुमाने के लिए कहा—''अरे, वह वहाँ कहाँ है।''

''तुम्हीं तो कहते थे, वहीं की है और अब भी वहीं रहती। कतरा काहे को रहे हो, कोई और बात हो तो बताओ...'' रुकमिन पर नशा हावी हो रहा था और ऐसे में उससे बहस करना या उसकी बात को काटना मुसीबत मोल लेना था। बच्चन भीतर ही भीतर बहुत परेशान था—कहीं सत्तार सब कुछ समझ न जाए।

मानिक भी दूसरी तरह से रस ले रहा था। जो कुछ उसने सुना था, उसी के सहारे वह भी मजा लेने लगा—''बहुत खूबसूरत है वह लुगाई...क्यों सत्तार भाई?''

सत्तार सब समझ रहा था—पर बातों के कोण उसकी समझ में नहीं आ रहे थे। बच्चन बीच-बीच में कुछ ऐसी बात जोड़ता कि नसीबन की बनती हुई तस्वीर में कोई दूसरा ही नजर आने लगता।

तभी रुकमिन ने कहा—''बच्चे उसी औरत के पास हैं न!'' बच्चन चाहते हुए भी 'न' नहीं कह पाया, उसने जवाब देने के बजाय कुल्हड़ उठाया और घट-घट पूरा पी गया।

सत्तार समझकर भी नासमझ बना बैठा था, बात में मजा लेने के लिए उसने इतना ही कहा था—"अरे, वहाँ इनकी एक हो तो कोई बताए भी...।"

इस बात से बच्चन को बड़ा सहारा मिला था। सारी बातें सध गई थीं। फिर भी वह हैरान-सा तीनों को देखता रहा था। बारिश कुछ-कुछ थमने लगी तो सत्तार बाहर निकलने के लिए उठा—"अच्छा, अब चलूँगा।"

चलते समय रुकमिन ने उससे सिफारिश की—"अरे भइया, इसका माल जैसे-तैसे दिलवा दो न। बहुत परेशान है यह। यही तो जमापूँजी है बेचारे की!"

सुनकर सत्तार हँसता रहा। उसके पास कोई जवाब भी नहीं था। बच्चन उसे छोड़ने बाहर आया तो बुँदियाते में साथ हो लिया।

कुछ देर दोनों खामोश चलते रहे। कुछ और आगे जाकर बच्चन ने ही खामोशी तोड़ी—"रुकमिन की बात का अंट-शंट मतलब मत लगाना। वह ऐसे ही बकती रहती है। जो मुँह पर आ गया, दे मारती है।"

उसकी बात सुनकर सत्तार का मन खट्टा हो गया था।

और लौटते हुए सत्तार को फिर अपना आना बेकार-सा लगने लगा था। नसीबन को लेकर जो-जो और जिस-जिस तरह की बातें उसने सुनी थीं, उनसे उसकी परेशानी और बढ़ गई थी। वह कुछ भी समझ नहीं पा रहा था। कैसा माल और कैसी औरत! बस्ती में और कोई औरत भी ऐसी नहीं जिससे बच्चन की रब्त-जब्त रही हो। नसीबन के अलावा और कौन हो सकता है? बहुत सोचने के बाद वह एक ही नतीजे पर पहुँचा था—हो चाहे जो कुछ, पर बच्चन नसीबन के बारे में अच्छा खयाल नहीं रखता। और एक नसीबन है कि...

घर पहुँचकर वह लेट गया था। सीलन के मारे नींद नहीं आ रही थी। चार बच्चों के उस तरफ नसीबन लेटी थी—नींद में बेसुध।

जब सब कुछ समझ से बाहर हो गया और अपनी मुसीबतों और दिली परेशानियों का भी कोई हल नहीं निकला तो दिमाग एक ही

जगह जाकर टिक गया—जिन्दगी का यह ढर्रा बदलना चाहिए...कोई और जिन्दगी हो...जहाँ मजबूरियाँ खत्म हो जाएँ शायद उस बननेवाले पाकिस्तान में नई जिन्दगी शुरू करने का मौका मिले और दिल की यह जलन और जिन्दगी की यह थकान मिट जाए।

पर पाकिस्तान के बारे में सोचते ही जो पहली तस्वीर उभरती थी—वह मकसूद और यासीन की थी। उसे दूसरे ही क्षण लगा था कि पाकिस्तान यही तो होगा—जहाँ मकसूद और यासीन होंगे, वहीं पाकिस्तान होगा। तब वह कैसे जिएगा?

और सलमा। वह क्या करेगी? अब तो उसके पेट में बच्चा भी है, जहाँ उसका शौहर जाएगा, वहीं तो वह भी जाएगी...और क्या करेगी? उसके लिए और रास्ता भी क्या है?

इन्हीं खयालों में डूबा-डूबा वह उनींदा हो आया था। सुबह आँख खुली तो देखा—नसीबन बच्चों को पढ़ने जाने के लिए घेर रही थी।

कुछ देर बाद वह सब बच्चों को रेवड़ की तरह हाँकती हुई ले गई थी। बच्चन के दोनों लड़कों के उसने खासतौर से काजल डाला था और खुद ही बस्ता बनाकर दिया था।

नसीबन के लौटते ही घूमता हुआ साईं आ गया था। कुछ देर वह इधर-उधर की बातें करता रहा, फिर बोला—"नसीबन, लगता है अब बवाल खड़ा हो जाएगा!"

"काहे का बवाल?"

"इन्हीं, बच्चन के बच्चों को लेकर। हिन्दू-मुसलमान होने की बात नहीं है, पर तुम्हारी वजह से पूरी बस्ती पर आफत टूट पड़ेगी। पुलिस अभी तक कुछ कर नहीं रही है, पर उसे डाकबँगले के चोर मुलज़िमों को पकड़ना ही है। अगर बच्चन नहीं पकड़ा जाता तो कोई यह मानने को तैयार नहीं होगा कि हम बस्ती के लोग उसका साथ नहीं दे रहे हैं।" कहकर जवाब सुनने के लिए साईं चुप हो गया था।

नसीबन कुछ देर तो खामोश रही...पर साईं को उत्तर के लिए अड़ा देखकर बोली—"साईं, असल बात यह है कि ये बच्चे तुम्हारी

आँखों में करक रहे हैं। मेरे लिए धरम-करम का सवाल नहीं है साईं, सीधी-सी बात है, मुझसे इन बच्चों को बिलखता नहीं देखा गया, सो ले आई। कल को इनका बाप आ जाएगा, तो चले जाएँगे।''

नसीबन की बात को सत्तार सुन रहा था और मन ही मन कुढ़ रहा था।

''खैर, दो बार समझा चुका, अब जैसी तुम्हारी मर्जी?'' साईं नाराज होकर चला गया।

पहले तो सत्तार ने सोचा, कुछ न कहे, पर रहा नहीं गया। वह उसे बुलाकर भीतर ले गया और बड़ी मुश्किल से बोला—''बुआ, कुछ बात मैं भी तुमसे करना चाहता था। साईं की बात में कुछ वजन तो है। बच्चन का तुम जितना भरोसा करती हो, वह उतना करता है या नहीं, इसका भी तुम्हें पता नहीं। क्या पता, कल तुम्हारे ऊपर चार इल्जाम आ जाएँ!''

''कैसे इल्जाम?''

''अब यह तो तुम्हीं बेहतर जान सकती हो!''

''गुनाह तो कोई किया नहीं सत्तार...रह गई बच्चन की बात, सो वह इतना ओछा आदमी नहीं है, कुछ परख मुझे भी है।''

नसीबन का विश्वास देखकर सत्तार का दिल डूबने लगा था। फिर भी उसने कह ही दिया—''नदी किनारे वाले गाँव में तुम्हें और बच्चन को लेकर पचास तरह की ऊल-जलूल बातें होती हैं। कोई कहता है कि तुम बच्चन के घर के जेवर चुरा लाई हो, कोई कहता है....।''

यह सुनकर नसीबन का मन थोड़ा घबराया था, फिर अपने को सँभालते हुए वह बोली थी—''कहने को तो जितने मुँह उतनी बातें, बच्चन तो नहीं कहता।''

''खुद मुझसे तो नहीं, पर मेरे सामने यह बात हुई थी और बच्चन ने इनकार नहीं किया। मेरी वजह से वह बात को बरा जाना चाहता था, पर वह पैतरा ही ऐसा पड़ गया कि बात खुलती चली

गई..." सत्तार कहते-कहते रुक गया था। उसने नसीबन की आँखों में झाँका था—वहाँ बादल से घुमड़ रहे थे...और एक उठता हुआ सैलाब नजर आ रहा था। सत्तार को अपने पर खीझ भी हुई कि उसने यह सब क्यों कहा, पर अब तो तीर निकल चुका था। कोई चारा नहीं था।

"खैर, वह अपनी जाने!" कहकर नसीबन पानी पीने के लिए उठ गई और सत्तार फिर उसके सामने नहीं आ पाया था।

सुबह की धूप दोपहर की चिलचिलाती गर्मी में बदलती जा रही थी। बादल के न होने से गर्मी की धार बहुत पैनी हो गई थी। रात का कीचड़ ऊपर से सूखता जा रहा था और पतली मिट्टी की पपड़ियाँ बनकर चटक गई थीं।

सत्तार इफ्तिकार की कोठरी की ओर गया—यह जानते हुए भी कि वह नहीं होगा, पर इफ्तिकार वहीं था। घोड़ा ऊपर पजावों पर चर रहा था और इक्का खड़ा था।

कोठरी में बैठा इफ्तिकार घोड़े के घुँघरू बजा रहा था। एक ताल पर। सत्तार को देखकर चुप हो गया।

"क्यों, अड्डे नहीं गए?"

"सवारी नहीं मिलती तो जानवर भी उकता जाता है। इसीलिए अब उसे छुट्टी दे दी है।" फिर घुँघरुओं को बड़े बेमन से कोने में फेंकते हुए वह बोला था—"अब क्या होगा सत्तार भाई?"

"काहे का?"

"पेट का।"

"क्यों?"

"हाल नहीं देख रहे हो?"

"तो क्या किया जाए?"

"यही कि पाकिस्तान चला जाए।"

"पर वह अभी है कहाँ?"

"बन जाएगा।"

"हो सकता है।"

"हो नहीं सकता, होगा। शहर में हाफिज जी कह रहे थे—अब पाकिस्तान बनने में देर नहीं...।"

"पर बनेगा कैसे? अपनी समझ में तो यह बात ही नहीं आती। मान लो यह पाकिस्तान बन गया, तब भी क्या फरक पड़ता है?" सत्तार ने जानने के लिए पूछा था।

"अरे, जरा उधर देखना।" इफ्तिकार की निगाह सड़क से बस्ती की ओर कटनेवाली पगडंडी पर थी। सत्तार ने देखा तो उसका माथा ठनका। काली टोपी और खाकी नेकर वाले संघी चले आ रहे थे...वह कुछ समझ नहीं पाया।

"खतरा है! लाठियाँ देख रहे हो!"

"लगता तो यही है...पर अब किया क्या जाए?"

"जो होगा सो करेंगे—यह बड़े जालिम होते हैं और बड़े कट्टर हिन्दू होते हैं। इनसे पार पाना मुश्किल है।" कहते हुए वह उठा और टीन के बक्से में से एक करौली निकालकर उसने तहमद में छुपा ली।

सत्तार की समझ में जब कुछ नहीं आया तो उसने घोड़े का चाबुक ही थाम लिया।

वे सात-आठ संघी स्वयंसेवक बगल से गुजरे तो सत्तार ने देखा—रतन भी उनमें था। मस्जिद के नुक्कड़ पर उन्होंने नसीबन का अता-पता पूछा और उसके घर की ओर मुड़ गए।

वे संघी स्वयंसेवक गलियों से गुजरे तो तमाशबीन बच्चों के गोल उनके पीछे लग लिये।

मुनीर के दोनों लड़के कुत्ते के पिल्ले दबाए हुए साथ थे। हसन का लड़का गिलहरियों का शिकार छोड़कर गुलेल पकड़े भागता हुआ आया था। सिताबी बेवा की लड़की और लड़का भी हैरत से देखते हुए भागे चले आ रहे थे। गनी मिस्त्री की आठ की पलटन रेल-रेल का खेल खेलती हुई बाकायदा पीछे आ रही थी। बच्चों के साथ ही

गली के कुत्ते भी भाग-दौड़ कर रहे थे और भौंक रहे थे। पूरी बस्ती के बच्चे उमड़ आए थे। मर्द घरों में नहीं थे। अपने-अपने कामों में या बेकारी में शहर की खाक छान रहे थे। चिकवे तो गोश्त-बाजार में थे, कुछ एक पड़ोस के कस्बे में बकरों के सौदों के लिए गए हुए थे। मिस्त्रियों का जमघट तो अलस्सबाह ही निकल जाता था—कन्नी-बसूली लेकर। बाँसों का कारबार करनेवाले जंगलों की तरफ थे। एकाध अपाहिज, दमा और तपेदिक के मरीज बूढ़े घरों के सामने चबूतरों पर खाटें डाले लेटे थे।

साईं भी इस वक्त बस्ती में नहीं था। मौलवी साहब पाठशाला वालों से चल रहे मुकदमे की पैरवी के लिए कचहरी में किसी से मिलने चले गए थे।

औरतों की डरी-सहमी हुई निगाहें टाटों के छेदों और किवाड़ों की आड़ों से इन नए किस्म के आदमियों को देख रही थीं—टोपी तो हिन्दुआनी है, पर नेकर विलायती।

''कौन हैं ये लोग?''

''लगता है, नई तरह की पुलिस बनी है...उसी बच्चन की तलाश में आई होगी!''

''पर यह हिन्दू पुलिस है।''

''पुलिस के पास बन्दूक होती है।''

''लाठी पुलिस के पास भी होती है।''

''होती होगी।''

तब तक संघी स्वयंसेवक नसीबन के घर पर पहुँच चुके थे। बहुत हिम्मत करके इफ्तिकार और सत्तार भी वहाँ पहुँचे तो रतन ने देखकर भी पहचानने से इनकार किया और टोपी उतारकर, लाठी को दोनों जाँघों के बीच में दबाकर चोटी बाँधने लगा।

संघी स्वयंसेवकों के साथ खद्दर की धोती और कुर्ता पहने हुए एक आदमी भी था। यह आदमी मारवाड़ी अनाथालय का मंत्री था।

रतन ने बढ़कर नसीबन के दरवाजे पर दस्तक दी। नसीबन निकलकर आई तो इतने सारे काले टोपी वालों को देखकर भौचक्की

रह गई। वह कुछ समझ नहीं पाई। रतन ने तभी पूछा—"आपके घर में हिन्दू बच्चे हैं?"

"क्यों?"

"हम पता करने आए हैं?"

"आप कहाँ से आए हैं?" नसीबन ने पूछा।

"यहीं शहर से...हम हिन्दू सेवा समिति के लोग हैं। हम हिन्दुओं की सेवा करते हैं।"

नसीबन को अकेला देखकर सत्तार आगे बढ़ आया। नसीबन को पीछे करते हुए उसने रतन से पूछा—"आपका मतलब क्या है?"

"मतलब हम बाद में बतलाएँगे, पहले हमें यह सूचना दीजिए कि इनके यहाँ दो हिन्दू बच्चे हैं?"

"मान लीजिए हैं, तो?"

"मान लीजिए का प्रश्न नहीं है। हैं या नहीं? हाँ या न में उत्तर दीजिए।"

सत्तार को कच्चा पड़ता देखकर नसीबन ही फिर आगे हो आई—"हाँ हैं तो।"

"तो उन्हें हमें सौंप दीजिए।"

"यह कैसे हो सकता है?"

"हमें पता चला है कि आप दो अनाथ हिन्दू बच्चों का धर्म-परिवर्तन करनेवाली हैं—यह नहीं हो सकता।"

"क्या धरम..." नसीबन ने जानने के लिए पूछा।

"हाँ, हमने सुना है कि उनके बाप की मौत हो गई है और आप लोग चुपचाप उन दोनों बच्चों को मुसलमान बना रहे हैं। यह जुर्म है। हमारे साथ अनाथालय के मंत्री महोदय आए हैं। आप बच्चों को इन्हें सौंप दीजिए और झगड़ा समाप्त कीजिए।" रतन बहुत सँभल-सँभलकर कह रहा था, पर उसके बोलने में गर्व और अधिकार की भावना थी।

"बच्चे किसी अनाथालय में नहीं जाएँगे।" नसीबन ने बहुत साफ-साफ कह दिया था—"हम यह सब झंझट जानते नहीं...रही

उनके मुसलमान होने की बात, सो सोलह आने गलत है, बाप उनका जिन्दा है, जब आएगा तब ले जाएगा।''

''व्यर्थ की बातों के लिए हमारे पास समय नहीं है। हम आपसे अनुरोध करने आए हैं, अगर आप बच्चों को नहीं सौंपेंगी तो हम पुलिस को सूचना देंगे और आप सब गिरफ्तार हो जाएँगे...एक आदमी भी नहीं बचेगा।'' कहते हुए रतन ने एक हिकारत की नजर सत्तार पर डाली थी।

''आप पुलिस को खबर कर दें।'' नसीबन ने दो-टूक बात कही तो स्वयंसेवकों की मंडली में कानाफूसी शुरू हो गई और आस-पास जमा बच्चों ने एकदम गुलगपाड़ा मचाना शुरू कर दिया।

सत्तार ने बढ़कर एकाध के चाँटा रसीद कर दिया और बच्चों के गोल चिड़ियों की तरह उड़ गए। शोर मचाते हुए वे गलियों में बिखर गए। उन्हीं के पीछे-पीछे कुत्ते भी भाग गए।

''तो आप बच्चों को अनाथालय के मंत्री के हाथ सुपुर्द करने को तैयार नहीं हैं?'' रतन ने कुछ क्रोध से पूछा था।

''कैसे कर दूँ, काहे को कर दूँ? कल को इनका बाप आएगा तो? यह भी हँसी-ठट्ठा है? अरे, बच्चे हैं ये, कोई काठ-किवाड़ तो नहीं जो पड़े रहेंगे वहाँ। खूब रही...'' नसीबन भी बिफर उठी थी—''खूब आए आप लोग बच्चे हवाले कर दो। वाह भाई वाह! जो करना हो करो जाकर...पुलिस नहीं, लफ्टैन को बुला लाओ। हाँ नहीं तो, ऊपर से तुर्रा लेकर आए हैं—मुसलमान बनाया जा रहा है। अरे, हम काहे को बनाएँगे किसी को मुसलमान...हमारे क्या बाल-बच्चे नहीं हैं...हाँ नहीं तो...'' बड़बड़ाती हुई वह भीतर चली गई और गुस्से में ही उसने किवाड़ लगा लिये।

संघी स्वयंसेवक अपना-सा मुँह लेकर खड़े थे। दाल गलती न देखकर रतन ने बड़े ठसके से कहा—''सत्तार मियाँ, इस औरत को समझाकर कल तक दोनों बच्चों को अनाथालय में पहुँचा दो, नहीं तो ठीक नहीं होगा।'' कहकर उसने जवाब का इन्तजार नहीं किया, अपने साथियों से बोला—''आइए बन्धुओ! कल तक देखकर पुलिस

को सूचना देंगे, यही करना पड़ेगा। शायद सीधी अँगुलियों से घी नहीं निकलेगा!''

और वे संघी बन्धु कवायद के अन्दाज में पैर उठाते और पेटियाँ टटोलते हुए जैसे आए थे, वैसे ही लौट गए।

उनके जाने के बाद बस्ती में और भी सन्नाटा छा गया। शाम के झुटपुटे में जब मर्द लोग वापस आए तो सबसे ताजी-गरम खबर यही थी। पर इस खबर से बजाय जोश और क्रोध के एक अजीब-सा स्यापा छा गया था। लोग डर-से गए थे। उनके दिलों में दहशत समा गई थी।

...शहर में भी इस घटना को लेकर भीतर ही भीतर सनसनी फैल गई थी...। तभी आया सोलह अगस्त सन् छियालीस और शहर में कुछ दबंग मुसलमानों ने काले झंडे लेकर जुलूस निकाला—जुलूस में बीस-बाईस लोग ही थे, बाकी भीड़ लड़कों की थी, पर शहर की खास-खास सड़कों पर काले झंडे लेकर जब मुसलमानों का यह जत्था घूमा और नारे सुनाई पड़े—"हिन्दूराज हाय-हाय! अंग्रेज पिट्‌ठू हाय-हाय!" तो लोगों को बड़ा अजीब-सा लगा।

शहर की हिन्दू जनता इस जुलूस को देख-देखकर तरह-तरह की अटकलें लगाती रही। वह जुलूस खानकाह में जाकर खत्म हुआ, जहाँ करीब दो-ढाई सौ मुसलमान जमा थे। खानकाह में जुलूस के नेताओं ने धुआँधार भाषण दिए। यासीन मियाँ ने भी पाकिस्तान की माँग रखी और यह घोषित किया कि मुसलमान और हिन्दू—इन दोनों कौमों की तहजीब, रहन-सहन, खान-पान और मजहब अलग-अलग हैं। इसलिए एक मुल्क में रहने का सवाल ही नहीं उठता।

जुलूस निकल जाने के बाद फिर वही सन्नाटा छा गया। बड़ा खामोश हंगामा हुआ—भीतर ही भीतर, बाहर उसका कोई खास

असर नहीं दिखाई दिया, पर मुसलमानों का उत्साह कुछ बढ़ा-बढ़ा जरूर दिखाई देता था।

शहर की दोनों खास सड़कों से जब काले झंडों वाला जुलूस गुजरा तो कहीं कुछ भी नहीं हुआ। मुक्त के लीडरों को डर था कि कहीं किसी जगह पर हिन्दुओं की तरफ से ईंट-पत्थर न बरसाए जाएँ पर ऐसा कुछ भी नहीं हुआ। किसी ने किसी की तरफ अँगुली तक नहीं उठाई और जुलूस के कार्यक्रम में कोई भी बाधा नहीं पड़ी।

हिन्दुओं को डर था कि जुलूस वाले शायद दुकानों को लूट लें या दंगा-फसाद करें...पर यह भी नहीं हुआ। कुछ भी ऐसा नहीं हुआ कि बात बिगड़ती।

किसी ने किसी को गाली तक नहीं दी। किसी ने ढेला तक नहीं फेंका था, किसी के खरोंच तक नहीं आई थी।

पर सुबह होते ही शहर में अफवाहें फैलने लगी थीं—कलकत्ता में हिन्दू-मुसलमानों का दंगा हो गया है। मुसलमानों ने जुलूस निकालने से पहले पूरी तैयारी कर रखी थी...लाखों हिन्दुओं को मौत के घाट उतार दिया गया है, बच्चों की टाँगें चीर दी गईं और सरेआम हिन्दू औरतों को नंगी करके बेइज्जत किया गया है।

जिनके घर रेडियो थे, यहाँ भीड़ें जमा हो गई थीं। सबों के दिल भय और आसन्न संकट से बैठे जा रहे थे।

रेडियो दंगे की खबरें तो ब्राडकास्ट कर रहा था पर कितना बड़ा हंगामा और कत्लेआम हुआ है, इसकी मौखिक रिपोर्टें ही आ रही थीं।

शहर का कोना-कोना भीतर ही भीतर धड़क रहा था...।

चौबियाने मुहल्ले में लोग शहर के मुसलमानों को काट डालने की बातें कर रहे थे। दफ्तर और बाजार खुले थे पर लोग अपनी-अपनी जातियों और धर्म के अनुसार ही गोलों में खड़े चिन्तापूर्ण बातें कर रहे थे...।

''बंगाल का मुख्यमंत्री मुसलमान है न...वह साला सुहरावर्दी। उसी ने सब कराया है। महीनों पहले से कल्लेआम की तैयारियाँ हुई थीं...।''

दिन भर तरह-तरह की बातें होती रहीं। मुसलमानों के टोलों में कुछ डर भी था और भीतर छुपी हुई खुशी भी। हिन्दू भीतर ही भीतर उबल रहे थे।

बाजार का हाल टेढ़ा था, जहाँ हिन्दुओं की दस दुकानों के बीच किसी मुसलमान की अकेली दुकान थी, तो वह बन्द थी और जहाँ मुसलमानों के बीच किसी एक या दो हिन्दुओं की दुकानें थीं, तो वे भी बन्द थीं।

मुसलमान चूड़ी वाले फेरी लगाने नहीं निकले थे, कपड़े वाले खुदरा-फरोश भी नहीं आए थे, ताला-चाबी बनाने या बर्तन कलई करनेवालों की आवाजें भी नहीं सुनाई दी थीं।

...इस भय और आशंका ने लोगों को यहाँ तक डरा दिया था कि कचहरी वाली सड़क पर स्थापित इकलौते गुरुद्वारे में एकाएक भीड़ बढ़ गई थी...।

ग्रन्थी धड़ाधड़ सिख बना रहे थे। मोती धानुक का लड़का पहला सिख बना था—शहर में। फिर नल वाले नत्थूराम का लड़का दीक्षा ले आया था और मुहल्ले-भर में कड़ा-परशाद बाँट आया था। सिख बनने का फैशन-सा चल पड़ा था। हर नौजवान हिन्दू करौली बाँधने के लोभ में सिख बनने के लिए तैयार था।

उधर वायसराय के यहाँ पंडित नेहरू ने शपथ ली तो नोआखाली में दंगे भड़क उठे। महात्मा गांधी कलकत्ता न रुककर नोआखाली पहुँचे पर हिन्दुओं को सन्तोष नहीं हुआ...।

और इन सबका बदला जब हिन्दुओं ने बिहार में लिया तो खबरें और गरम हुईं।

इस शहर में बाहर की इन खबरों से फिजा बनती-बिगड़ती रही। संघी स्वयंसेवकों और मुसलमानों के वालेंटियरों की आमदरफ्त बढ़ गई।

पीपलों पर भगवे फहराने लगे और मुसलमानों के घरों पर हरे झंडे। दीवारों पर तरह-तरह की इबारतें सुबह लिखी मिलने लगीं। हर आदमी के दिल में शंका व्याप्त थी। हर आदमी दूसरे को शक की निगाह से देख रहा था।

दीवारों, जमीनों, गलियों और सड़कों तक का मन ही मन में बँटवारा हो गया। किस हद तक किसका जाना खतरे से खाली था, यह सबने समझ लिया था जैसे शहर में ही हदें बन गई थीं—हिन्दुस्तान और पाकिस्तान की।

स्कूलों और मदरसों में बच्चों की हाजिरी बहुत गिर गई थी। कोई मुसलमान लड़का हिन्दू मुहल्ले से होकर स्कूल नहीं गया था। हिन्दू लड़के मुसलमानों के मुहल्ले के पास तक नहीं गए थे। बाजारों में दुर्गा, चंडी, शिवाजी, महाराणा प्रताप, हरी सिंह नलवा और पृथ्वीराज की तस्वीरें और ज्यादा दिखाई देने लगी थीं। पान वालों के यहाँ से फिल्मी सितारों की तस्वीरें उतर गई थीं और उनकी जगह वीर सेनानियों की तस्वीरें लटक गई थीं।

बचन सिंह ड्राइवर ने अपने ट्रक के पीछे लिखी इबारत—'अच्छा नमस्ते, फिर मिलेंगे' मिटवाकर लिखवा लिया था—"जै दुर्गा माता। जय चंडी।"

नहर वाले मन्दिर के बूढ़े पुजारी अपने चबूतरे पर बैठे गीता के श्लोकों को समझा रहे थे और शहर के इकलौते पर्चे में वीर हिन्दुओं की जीवनियाँ छप रही थीं।

तभी पाकिस्तान बनने का ऐलान हुआ।

शहर के मुसलमान अन्दर ही अन्दर बहुत खुश हुए पर ऊपर से कटे हुए थे...साथ ही उनमें कहीं भय और भी गहरा उतर गया था, पर एकाध सिरफिरों ने तो नासमझी में यहाँ तक ऐलान कर दिया—"अब बन गया हमारा पाकिस्तान। हिन्दू जाएँ अपने हिन्दुस्तान में। इमली के उत्तर में है हिन्दुस्तान और इधर है पाकिस्तान।"

चिकवों की बस्ती में यासीन ने जश्न मनाया था—आखिर कायदे-आजम की जीत हुई। एड़ी-चोटी का जोर लगा लिया हिन्दुओं ने, पर पाकिस्तान का बनना नहीं रोक पाए।

मकसूद के दरवाजे पर आधी रात तक ढोलक बजा-बजाकर कव्वालियाँ होती रहीं। लड़कों के लिए अच्छा तमाशा था...सबको यही पता था कि कुछ ऐसा हुआ है जो पहले कभी नहीं हुआ। अब

मुसलमानों के दिन लौट आएँगे और गरीबी का जुआ उनकी गर्दन से उतर जाएगा।

और बस्ती में जब बगैर जाने-समझे लोग जश्न मना रहे थे तो नसीबन घर में बैठी-बैठी कुढ़ रही थी—"दिमाग खराब हो गया है इन लोगों का। अरे, पूछो कोई, क्या बदलेगा? अपना नसीब जो है, वही रहेगा।"

तभी बाहर से आया हुआ एक आदमी सन्देश लाया था कि बच्चन ने अपने लड़कों को बुलाया है। नसीबन ने सत्तार को पास बैठाकर मशवरा किया था कि क्या किया जाए।

सत्तार ने सीधे-सीधे सुझाया था—"इससे कह दो कि बच्चन अपने सड़कों को आकर ले जाए।"

"यहाँ आएगा सो पकड़ा जाएगा।"

"जरूर पकड़ा जाएगा, पर अब तुम किस मोह-ममता में पड़ी हो! जो होता है, होने दो, कह दो—आकर अपने बच्चों को ले जाए।"

"वह यहाँ नहीं आएगा...वहीं बम्बे के किनारे उसने मिलने को कहा है..." उस आदमी ने कहा था।

"अब यहाँ आएगा किस मुँह से!" नसीबन ने कहा तो सत्तार को कुछ अचम्भा हुआ था। पर वह सत्तार की चिरौरी करते हुए बोली थी—

"सत्तार, तू अपनी जिम्मेदारी पर इन बच्चों को सौंप आ, नहीं तो मुझे कभी चैन नहीं आएगा।"

बहुत मान-मनौवल के बाद सत्तार तैयार हो गया था।

"हम रात को बच्चों को लेकर आएँगे, वहीं बम्बे की पुलिया पर—बच्चन से कह देना, समझे।" कहकर सत्तार ने सन्देशवाहक को विदा कर दिया था।

...दिन भर नसीबन बहुत उदास रही। रात को जब सत्तार दोनों बच्चों को लेकर चलने लगा तो नसीबन ने एक पोटली उसके हाथ में थमाई थी—"यह बच्चन को दे देना...।"

"उसके जेवर हैं?"

"हाँ।"

सत्तार एक क्षण अपलक उसे देखता रह गया था—"इतनी बेइज्जती के बाद भी लौटा रही हो।"

"चीज तो उसी की है।"

"इसमें तो रुपए भी लगते हैं।" सत्तार ने टटोलते हुए पूछा था।

"हाँ, कुछ चाँदी के रुपए हैं।"

"उसी के है?"

"हैं तो अपने, पर विपदा में घिरा है बेचारा...इधर चोरी-छिपे रहते हुए काम-धाम भी नहीं कर पाया होगा, ऊपर से बच्चे जा रहे हैं, कुछ जरूरत भी तो पड़ेगी उसे...कह देना, अपने समझकर ही खर्च कर ले। कोई बात मन में न लाए।"

सत्तार कुछ कह नहीं पाया था, कुछ भी कहते हुए जैसे वह अपनी नजरों में अब बहुत छोटा हुआ जा रहा था।

सत्तार के लौटने तक नसीबन सोई नहीं थी। खैरियत पूछ-पाछकर वह लेट तो गई, पर नींद नहीं आ रही थी। आखिर ढिबरी जलाकर वह चर्खा कातने लगी थी।

सत्तार की जब भी नींद उचटी, तो उसने नसीबन को जागते और कुछ सोचते ही पाया। और ऐसे ही रात कट गई थी।

सुबह से ही वातावरण कुछ-कुछ उनींदा और अलसाया-सा था। चारों तरफ जो कुछ हो रहा या हुआ था, वह उसकी समझ में बिलकुल नहीं आ रहा था। न तो वह नसीबन को ही समझ पा रहा था और न चारों तरफ उबलते हुए माहौल को।

उसके लिए कोई और ठिकाना भी नहीं था—सिवा इफ्तिकार की कोठरी के। वहीं पहुँचा तो इफ्तिकार ने कहा—"भई, अपन तो पाकिस्तान जा रहे हैं।"

सत्तार चुपचाप देखता रह गया।

“किसके साथ?”

“अपने इक्के-घोड़े के साथ। यहाँ से इक्का जुतेगा और पाकिस्तान जाकर खुलेगा।” इफ्तिकार ने कहा और हँसने लगा।

“हम कहाँ जाएँ?”

“तुम भी चलो इक्के पर। जगह की क्या कमी है! चाहो तो अपनी सलमा को भी ले लो।” कहते हुए इफ्तिकार ने आँख मारी।

“लेकिन एकाएक पाकिस्तान जाने की बात...।”

“बात यह है कि घोड़ा भी साला हिन्दू हो गया है। कल से ये सीधे मुँह बात ही नहीं करता। अब क्या किया आए? और कोई चारा नहीं है।”

बच्चों के शोर से उनका ध्यान बँट गया।

पाकिस्तान बनने की खुशी में मौलवी साहब ने एक दिन की छुट्टी बच्चों को दी थी। बच्चे टोलियाँ बनाए, शोर मचाते हुए इधर-उधर दौड़-भाग रहे थे और मकसूद ने उन्हें एक नारा दिया—“पाकिस्तान जिन्दाबाद! कायदे-आजम जिन्दाबाद!”

और वे बच्चे कतार बाँधकर गलियों में घूमते हुए बड़े जोश से यह नारा लगाते रहे। नसीबन मुर्गियों को दरबे में बन्द करते हुए बच्चों को निहार रही थी...उसकी आँखों में असीम ममता थी उन बच्चों के लिए...और शायद अपने लिए गहरा सन्नाटा...।

बस्ती के सभी लोग यह नजारा देखते रहे। जब बच्चों का जुलूस लौटकर मकतब के पास पहुँचा तो मकसूद ने सबको एक-एक मीठी गोली दी थी।

मुनीर के लड़के बशीर और शमशीर कुत्ते के पिल्ले दबाकर भाग गए थे। हसन का लड़का बिल्लू अपनी गुलेल लेकर गिलहरियों के शिकार पर चला गया था। गनी मिस्त्री की आठ की पलटन भी बिखर गई थी...।

लेकिन शहर में कोई जुलूस नहीं निकला था।

किसी ने नारे नहीं लगाए थे।

वैसे हिन्दुओं को लग रहा था कि पाकिस्तान बनने की खुशी में मुसलमान कुछ न कुछ करेंगे, पर शहर में पत्ता तक नहीं खड़का।

सब कुछ अपनी जगह पर था—पर कुछ था जो नहीं था। गलियों के छोटे-छोटे घरों में बैठे सुनार जेवर गढ़ रहे थे। तालाबों में कमल फूले हुए थे। जलमंजरी के पत्ते नागों की तरह फन उठाए हुए खड़े थे। जंगल में कमरख और आँवले फले थे।

झाड़ियों में मधुमक्खियों के छत्ते अब नहीं थे, पर मन्दिरों के आँगनों में कनेर अब भी फूले हुए थे और मस्जिदों के सहन में मेहँदी महक रही थी।

पर वातावरण में आशंकाएँ रेंग रही थीं...

एक भयानक खौफ लोगों के दिलो-दिमाग पर हावी था...।

विभाजन हुआ तो पंजाब में खून की नदियाँ बहीं...बंगाल में मार-काट हुई। सूबे के बड़े शहरों में कत्ल हुए और बस्तियाँ जलाकर राख कर डाली गईं...।

पर इस शहर में एक बूँद खून नहीं गिरा। किसी मुहल्ले पर धावा नहीं हुआ। किसी ने किसी को नहीं मारा। किसी ने किसी को गाली तक नहीं दी। मस्जिदों में लड़ाई की तैयारियाँ नहीं हुईं, मन्दिरों में ईंट-पत्थर इकट्ठे नहीं हुए, जो बदमाश रोज पिटते थे, उन्हें भी किसी ने नहीं पीटा।

लेकिन भीतर ही भीतर एक भूचाल आया हुआ था जिससे बस्ती की चूलें हिल रही थीं। दिली इमारतें ढह रही थीं। एक उबलता हुआ नफरत का दरिया नीचे ही बह रहा था...शक और डर सबके दिलों में समाए हुए थे।

दूसरे शहरों, कस्बों और सूबों से तरह-तरह की खौफनाक खबरें आ रही थीं। हर सुबह एक नई खबर होती—हर शाम एक और नया डर होता।

ठहरी-ठहरी शामें थीं और वक्त जैसे रुका हुआ था। कोई किसी से कुछ नहीं कहता था। एक अजीब-सा तनाव था दोनों तरफ।

सुबह होती, फिर उदास-सी शाम उतर आती। मुसलमानों का कारोबार ठप्प हो गया था। जिन्दगी जैसे रुक गई थी।

तभी और खबरें आई थीं—

अलीगढ़ से मुसलमानों का एक जत्था पुलिस की देख-रेख में रेल से लाहौर जा रहा है—पाकिस्तान।

अहमदाबाद के मौलवी साहब और उनका पूरा घराना कल ही कराँची के लिए रवाना हो गया—पाकिस्तान।

कोसमा के जमींदार अब्दुल हक साहब का घराना कल लाहौर जा रहा है—पाकिस्तान।

पाकिस्तान जानेवाले हर मुसलमान के लिए ज़िन्ना साहब की सरकार ने पूरा इन्तजाम किया है। पाकिस्तान जानेवालों के लिए जिन्ना साहब ने अपनी फौज भेजी है जो उन्हें हिन्दुओं के इलाकों से बाहिफाजत निकाल ले जाएगी...।

तभी यासीन ने एक तूफानी दौरा किया था—"गांधी की बातों पर यकीन मत कीजिए। वह चाहता है कि मुसलमानों को यहीं रोककर बाद में मरवा डाला जाए। यह फरेब है। पाकिस्तान बना ही इसीलिए है कि हर मुसलमान वहाँ आराम और चैन से रहे। सारे इन्तजामात पूरे हो गए हैं। हवाई जहाज दिल्ली के अड्डे पर इन्तजार कर रहे हैं...पाकिस्तान की सरहद पर ही जमीनें और जायदादें बँट रही हैं, काम-धन्धे शुरू करने के लिए जिन्ना साहब की सरकार नकद रुपए दे रही है। अंगूर आठ आने सेर बिक रहा है..."

आस-पास कस्बों से पुराने मुसलमान जमींदारों के घरानों की खबरें भी आती रहीं—बेदगाँव के सैयद साहब भी आज चले गए।

अटाला के हकीम जी भी चले गए।

शहर कोतवाल ने हिन्दुस्तान की नौकरी छोड़कर पाकिस्तान जाने का तय किया है। डिप्टी कलेक्टर खान साहेब भी इस्तीफा

देकर अपने शहर गाजीपुर गए हैं, वहाँ के हवाई जहाज से वे कराँची जा रहे हैं—कराँची यानी पाकिस्तान।

और उस शाम हाफिज जी जब अपनी दुकान का सामान लदवाकर घर की तरफ चले, तो शर्बत वाले सन्ता ने उन्हें गौर से देखा। हाफिज जी ने मुस्कराकर दूर से ही सलाम किया और बोले, "खाली नहीं कर रहा हूँ।"

पर सुबह एक मोटर में सारा सामान भरकर हाफिज जी अपने बाल-बच्चों समेत निकल गए। घर एक दर्जी को सौंप गए। किसी को पता नहीं चला कि हाफिज जी कब और क्यों चले गए।

सभी गरीब मुसलमानों की निगाहें अमीर लोगों की तरफ लगी थीं—जो वे करेंगे वही ठीक होगा।

एकाएक कुछ चेहरे शहर से गायब हो गए...वे चेहरे जो चुंगी में लोगों की रहनुमाई करते थे, स्कूल की कमेटियों में बहस करते थे। तहसील-कचहरियों में पैरवी करते थे...।

माजिद साहब की कोठी के बाहर के पौधे सूखने लगे तो पता चला कि चार दिन हुए वे भी पाकिस्तान चले गए। गुलाम नबी मोटरवालों का पता ही नहीं चला...उनकी मोटरें वैसे ही धूल उड़ाती हुई जसराना लाइन पर दौड़ती रहीं, पर बाद में मालूम हुआ कि वे अपनी मोटरें और हवेली एटा के मारवाड़ी के हाथ बेचकर चुपचाप चले गए।

कुछ चेहरे थे जो शाम तक हँसते-मुस्कराते दिखाई पड़ते थे पर सुबह बगैर सलाम-बन्दगी के खो जाते थे।

सहसा कुछ घरों में रात में रोशनी नहीं हुई तो लगा कि खाली हो गए।

शहर की कुछ दुकानों के पटरों पर तीन-तीन, चार-चार दिनों का कूड़ा जमा दिखाई दिया तो मालूम हुआ कि वे सौदागर भी चले गए।

जितने भी पैसे वाले थे, वे जल्दी-से-जल्दी अपना इन्तजाम करके चले गए। गरीबों का कोई रहनुमा नहीं था। चिकवों की बस्ती

में लोगों का यही खयाल था कि यासीन भी अलीगढ़ गया है, और वहाँ से लाहौर चला गया होगा, पर दस रोज बाद ही यासीन लौट आया और उसने बताया—"भई, काम और भी थे लाखों की तादाद में लोगों को चलना है। उनका इन्तजाम भी तो होना था।"

और एक रात चिकवों की बस्ती के बाशिन्दों की यात्रा का प्रबन्ध हुआ।

सब कुछ खामोशी और चुपके-चुपके हुआ।

शाम को तय हो गया था कि परसों सबेरे, सूरज उगने से पहले यहाँ से काफिला निकल पड़ेगा—और यासीन उन्हें दिल्ली स्टेशन पर मिलेगा, वहाँ से रेलों या हवाई जहाजों द्वारा उन्हें पाकिस्तान पहुँचाया जाएगा...

निश्चित दिन तीन बजे रात को ही दस घरानों का एक काफिला बस्ती से रवाना हुआ—अपना सामान, चीज-बस्त और बाल-बच्चों को लेकर...।

"खुदा हाफिज!"

आँसू, दुख और घरों को छोड़ने की तकलीफ।

सिसकियाँ दूर-दूर तक सुनाई देती रही थीं...मोह तोड़कर वे लोग निकल तो गए थे, पर घरों को ऐसे छोड़ गए थे, जैसे वे कभी वापस आएँगे।

रात अँधेरी थी और स्टेशनवाला रास्ता सुनसान था। सबों ने पैसे जुटाकर तीन बैलगाड़ियाँ किराए पर ली थीं, जो उन्हें जंक्शन तक पहुँचाकर वापस आएँगी। अपने स्टेशन से गाड़ी में बैठना ठीक नहीं—यह यासीन ने ही बताया था।

सुबह नसीबन मस्जिद की सीढ़ियों पर बैठी-बैठी उन वीरान घरों को देखती रही, जिनके बाशिन्दे चले गए थे...आसमान उदास था और पजावों के पीछे आज हद से ज्यादा सन्नाटा छाया हुआ था।

उस दिन लोगों के पास बात करने के लिए भी कुछ नहीं बचा था। सत्तार निढाल-सा घर में पड़ा था और इफ्तिकार अपनी कोठरी में बैठा घोड़े के घुँघरू बजा-बजाकर कुछ गा रहा था। बहुत देर तक नसीबन उन उजड़े हुए घरों को देखती रही फिर उसने अपनी आँखें सुखाईं और सीढ़ियों से उतरकर घर चली आई। बस्ती में ऐसी भयानकता छाई हुई थी जैसे दस-बीस मौतें एक साथ हो गई हों। दोपहरी सायँ-सायँ करती रही।

दोपहर बाद सत्तार उठा था, घड़े से पानी पीकर जरा ठीक हुआ तो नसीबन से बोला था—"कल मैं भी जा रहा हूँ।"

"अच्छा।"

फिर बहुत देर चुप्पी छाई रही।

कुछ आहट हुई तो सत्तार ने देखा—इफ्तिकार खड़ा था। धीरे से भीतर जाकर वह बोला—"सलमा ने तुझे बुलाया है...।"

"कहाँ?"

"मस्जिद के पास, यहाँ वह नहीं आना चाहती।"

सत्तार उठकर चला गया। इफ्तिकार बैठा रहा पर नसीबन से कोई बात ही नहीं हुई। आखिर इफ्तिकार ने ही खामोशी तोड़ी थी—"तुम जा रही हो...।"

"कहाँ जाऊँगी?"

"जहाँ और सब जा रहे हैं।"

नसीबन हँस दी थी। उसकी हँसी में कोई अर्थ नहीं था।

रात गए तक सत्तार लौटकर नहीं आया। नसीबन को घर और भी काटने लगा और सबेरा होने से पहले बाकी घरों का काफिला भी उसी रास्ते चला गया, जिस रास्ते पहला गया था। सलमा और मकसूद भी पाकिस्तान चले गए थे...।

जाने से पहले दो बजे रात सलमा नसीबन से मिलने आई थी और दबी जुबान उससे यह भी पूछा था कि सत्तार घर पर है या

नहीं? नसीबन ने बता दिया था कि वह उसी से मिलने के बाद फिर घर नहीं आया।

सलमा आँसू नहीं रोक पाई थी—"मैंने तो यहाँ तक कहा था—हमारे साथ ही चलो...पर वह माना नहीं, कहने लगा, वहीं जाकर क्या मिल जाएगा और नाराज होकर चला गया...कहता था, मैं बच्चे को अपना कहूँगा पर तू यहीं रुक जा...बताओ न बुआ, ऐसा भी कहीं होता है? वह मेरी मजबूरियाँ नहीं समझता। कैसे रुकना हो सकता है यहाँ... ।"

और रात ढलने से पहले बाकी घरानों का काफिला भी चल पड़ा था। बाकी घर भी अँधेरे हो गए थे।

नसीबन ने इफ्तिकार से कहा था—"अब तो रोशनी की गिनती कर लो...पूरी बस्ती में तीन जगह रोशनी है...साईं के यहाँ, तेरे और मेरे यहाँ...चौथा रोशन घर तो दिखाई नहीं देता। मस्जिद तो उसी दिन से वीरान पड़ी है, जब से पहला काफिला गया है... ।"

"सभी रंजीदा थे।" इफ्तिकार बोला।

"आखिर घर-बार छोड़कर गए हैं।...कई-कई पुश्तों के नार यहीं गड़े हैं...ऐ खुदा..." और वह बुदबुदाती हुई चुप हो गई थी।

तभी थका-हारा-सा साईं आया था—"शहर भी वीरान हो गया है...बड़ा आदमी तो कोई दिखाई नहीं देता...अरे हाँ, उधर मस्जिद के पास बड़ी बदबू आ रही है। लगता है कोई जानवर सड़ रहा है...वहाँ तो बदबू भरी हुई है, यहाँ भी लगती है, नहीं।"

हल्की हवा के साथ कुछ-कुछ बदबू आ रही थी।

सुबह जब बदबू और बढ़ गई तो इफ्तिकार ने मस्जिद के आस-पास चक्कर लगाया। साईं ने भी इधर-उधर देखा-भाला, पर कहीं कुछ नहीं था।

पर मुअज्जिन की कोठरी का दरवाजा खोलते ही बदबू का भभका आया था और एक चमगादड़ पंख फड़फड़ाता हुआ निकलकर मस्जिद के गुम्बद से जा चिपका।

पुलिस आकर सत्तार की लाश को उतार ले गई थी। फिर पता नहीं, उसका क्या हुआ। कोतवाली में दो बार साईं और इफ्तिकार को जाना पड़ा था, थोड़ी-बहुत तहकीकात हुई थी, और सत्तार की लाश को शायद लावारिस बताकर, चीर-फाड़ के बाद दफना दिया गया था।

इसी बीच इफ्तिकार भी अपना इक्का जोतकर और घोड़े के पैरों में फिर से घुँघरू बाँधकर, मय अपने बोरिया-बिस्तर के कहीं चला गया था।

चिराग अब सिर्फ दो रह गए थे—साईं और नसीबन के। और उनके इर्द-गिर्द था गहरा अँधेरा, जो शाम से ही काटने को दौड़ने लगता था। सब बियाबान हो गया था...ताँत के सितार पर उठनेवाले गीत डूब गए थे और अपनों के चेहरे खो गए थे।

सिर्फ नफरत की आग ने इस बस्ती को जलाया था।

गरीबी, अपमान, भूख और बेबसी में भी वे हारे नहीं थे, पर नफरत की आग और शंकापूर्ण भय का धुआँ वे बर्दाश्त नहीं कर पाए और उनके काफिले एक अनजान देश की ओर चले गए।

और तब से इतने बरस गुजर गए—यहाँ कोई नहीं आया—सिवा इफ्तिकार के! शुरू में तो पता नहीं चला कि वह कहाँ चला गया है...तीसरे बरस देवियों के मेले पर कमाई करने के लिए जब इफ्तिकार अपना इक्का लेकर आया था, तो एक रात इस बस्ती की तरफ भी पहुँचा था—यह देखने कि कोई निशान बाकी है या नहीं।

तब उसे नसीबन मिली थी।

"तुम नहीं गईं?" इफ्तिकार ने पूछा था।

"कहाँ जाती...मैं समझती थी कि तुम पाकिस्तान चले गए...अब कहाँ हो?" नसीबन ने पूछा था।

"मैं तो सत्तार की मौत से घबराकर भाग गया था...आजकल हाथरस में हूँ। सोचा, मेले पर चार पैसे भी मिल जाएँगे और देखता भी आऊँगा...मन में मलाल तो है ही यह शहर छोड़ने का..."

इफ्तिकार ने कहा। फिर वह अपने आप ही बताने लगा था—"अरे अपने वह गनी मिस्त्री थे न... ।"

"वो तो लाहौर चला गया।" नसीबन ने बात काटकर कहा।

"लाहौर-वाहौर कहीं नहीं, वे फिरोजाबाद में वक्त काट रहे हैं, वहीं हैं बाल-बच्चों समेत। वहीं रोजदारी पर काम करके जैसे-तैसे पेट भर रहे हैं।" इफ्तिकार ने बताया तो हल्की-सी आत्मीयता की चमक नसीबन के चेहरे पर दौड़ गई थी।

"गनी मिस्त्री तो शायद पहले काफिले में गया था..." उसने याद किया।

"गनी ही बता रहे थे कि उनके साथ का कोई भी दिल्ली तक नहीं पहुँच पाया सब इधर-उधर बिखर गए। सुबराती मोची आगरा में राजामंडी के चौराहे पर बैठता है और चमन वहीं की चुंगी में चपरासी लग गया है...रमजानी का हाल बहुत बुरा बता रहे थे, वह बेचारा भूखों मर रहा है... ।" इफ्तिकार ने औरों के बारे में भी खबरें दी थीं।

"यहाँ तो काम अच्छा-खासा जमा हुआ था, रमजानी का!" नसीबन ने कहा तो इफ्तिकार बोला—"भई, जो कुछ धेला-कौड़ी पास थी, वह तो जाने में खर्च कर दी थी...वह भी पूरी नहीं पड़ी, नहीं तो पाकिस्तान नहीं पहुँच जाते...अब रोटियों के भी लाले पड़ गए हैं।"

"कैसे मनहूस दिन थे!" नसीबन की आँखों के सामने दो बरस पहले की रातें नाच रही थीं। इफ्तिकार बहुत देर तक दुनिया-जहान की बातें करता रहा था, फिर अपने अड्डे पर लौट गया था।

इफ्तिकार बरस-दो बरस बाद मेले पर आता तो खबरें भी लाता और मेल-मुलाकात भी कर जाता। उसके इतने-इतने दिन बाद आने से सूनापन और भी बढ़ जाता था... ।

और नसीबन हर दिन उन ढहते हुए घरों को देखती। काफिले के जाने के कुछ ही दिनों बाद सबसे पहले टाट के पर्दे सड़-सड़कर गिर गए थे और पहली ही बरसात में तीन-चौथाई से ज्यादा कोठरियों

और घरों की छतें बैठ गई थीं। धीरे-धीरे लकड़ी की चौखटें वगैरह फूल-फूलकर चटख गई थीं और सड़कर खोखली हो गई थीं। उनके दरारों में कुकुरमुत्ते और घास उग आई थी...।

कच्ची दीवारें नोना खा-खाकर पतली हुईं, फिर ढह पड़ी थीं। जिन घरों में पक्की-ईंटों का एक भी रद्दा लगा हुआ था, वे कुछ देर और टिकी रही थीं, फिर उनकी ईंटें भी सफेद पड़कर झरने लगी थीं...।

बस्ती के बच्चे ईंटों के इस रेत को जमा करने के लिए कितना लड़ा करते थे...।

कच्चे आँगनों में कमर-कमर तक आवारा घास उग आई थी और टूटी हुई हाँड़ियों, घड़ों वगैरह के टुकड़े जैसे के तैसे बिखरे पड़े थे। कई दीवारों में चिरागों के काले पड़े हुए ताख अब भी दिखाई पड़ते थे।

जगह-जगह टूटी हुई चूड़ियों के टुकड़े, सड़े हुए गूदड़ और जंग खाए टीन के पुराने डिब्बे पड़े हुए थे।

बीतते हुए बरसों के साथ और भी निशान मिटते जा रहे थे। दीवारें फूलकर गिरीं तो सिर्फ मकानों की हदों का अहसास भर रह गया था।

नए निजाम में कुछ नई बातें भी हो रही थीं। पर यह किस्सा वैसा ही पड़ा हुआ था। पजावों की वजह से जगह-जगह जमीन जली हुई पड़ी थी, मिट्टी जहाँ थी, वहाँ भी ईंटें थापने से खाइयाँ बन गई थीं...धरती किसी काम की नहीं रह गई थी।

पर नसीबन और साईं वहीं थे। नसीबन जाती भी कहाँ?

इतने बरसों में उनके लिए कुछ भी नहीं बदला था। कभी साईं नसीबन के पास आ बैठता तो पुरानी बातें छिड़ जातीं। अब साईं भी दुखी था और किसी हद तक अपनी गलती मन ही मन स्वीकार कर चुका था।

अँधेरा हो रहा था। साईं आ बैठा था, बोला—"इतने बरस होने को आए नसीबन, लेकिन इधर कोई नहीं आया! अब बच्चन भी भला क्या आएगा!"

बूढ़ी नसीबन ने सिर्फ हुँकारी भरी।

साईं ने फिर कहा—"नसीबन! सब तो चले गए, आदमी और आदमजात। नई सड़क क्या बनी, यह सड़क भी वीरान हो गई...बस्ती उजड़नी थी, उजड़ गई...अब तो मन बहुत भटकता है। अब तू तो नहीं चली जाएगी कहीं? यह धरती भी...।"

नसीबन ने बात काट दी—"साईं, धूल उड़ जाती है, मिट्टी उठ सकती है, धूल-मिट्टी का क्या?" कहते-कहते वह हँस दी थी। जब भी वह इस तरह हँसती, साईं चुप रह जाता था।

बरसों से यही होता आ रहा है...।

उजड़ी हुई इस बस्ती से दूर-दूर तक का दृश्य दिखाई पड़ता है...अब भी सब कुछ वैसा ही...अब भी दूर पर धान मिलों की पतली चिमनियों से रेंगता हुआ धुआँ आसमान के नीलेपन में वैसे ही खो जाता है...सुलगते हुए पजावे हैं और हैं पकी ईंटों की कतार...उनके पीछे गाँव और हरे-भरे मैदान, छतनार पेड़। उधर दलदल की ओर से सारसों की तेज आवाज अब भी आती है...जल-पक्षियों के झुंड अब भी उसी तरह इस उजाड़ बस्ती के ऊपर से होकर गुजरते हैं और फिर उनके झुंड दलदल और मैदानों पर झुकते नजर आते हैं।

इतने बरस हो गए...अब भी मैदान वाली मठिया पर वही झंडा बदरंग होकर फहरा रहा है। बाँस टेढ़ा हो गया है और झंडा फट गया है—वह किसी हारे हुए योद्धा का निशान-सा लगता है।

सिर्फ एक ही नई चीज होती दिखाई पड़ती है—पाकिस्तान बनने के बारह-चौदह बरस बाद एक दिन कुछ अंग्रेज से लगनेवाले लोग हिन्दुस्तानी साहबों के साथ इधर बस्ती में कुछ जाँच-पड़ताल के लिए आए थे।

उनके साथ के चपरासी भाग-भागकर काम कर रहे थे। पैमाइश के लिए फीता भी उनके पास था। जब अंग्रेज से लगनेवाले लोग

चलने लगे थे तो नसीबन ने एक चपरासी को रोककर पूछा था—"यह क्या हो रहा है? कौन लोग हैं ये?"

चपरासी ने बताया था—"ये लोग जर्मनी के इंजीनियर लोग हैं।...यहाँ पातालतोड़ कुएँ खोदे जाएँगे, उसी के लिए जगह की तलाश हो रही है।"

तब नसीबन ने साईं से कहा था— "तब तो इधर कुछ रौनक हो जाएगी, शायद यह वीरान बस्ती फिर आबाद हो जाए!"

और कुछ ही दिनों के बाद बड़ी-बड़ी मशीनें आई थीं और धरती में जगह-जगह पाइप घुसाकर पानी की तलाश की गई थी। फिर पता ही नहीं चला कि क्या हुआ। कोई लौटकर इधर नहीं आया।

करीब आठ-दस महीनों बाद उधर स्टेशन-पार बंजर में एक बस्ती उभरती हुई नजर आने लगी थी।

उस ऊसर में जो बहुत बरसों से उजाड़ पड़ा था और जहाँ कँटीली झाड़ियों के अलावा और कुछ नहीं था, जहाँ धरती के तन पर जगह-जगह सफेद चकत्ते पड़े हुए थे और ठूँठ उगे थे...रेह-मिट्टी बटोरने के लिए धोबी जहाँ के चक्कर लगाया करते थे।

बरसात के बाद जब धूप चटकती थी और धरती में दरारें पड़ जाती थीं तो उस बस्ती के सब बच्चे उस ऊसर में जाया करते थे और छतरीदार सफेद कुकुरमुत्ते बीनते और लड़ते-झगड़ते थे।

उसी ऊसर में जिन्दगी के चिह्न दिखाई देने लगे थे। जर्मनी के कारीगरों ने उसी ऊसर में डेरा डाला था और तरह-तरह की मशीनें वहाँ लगाई थीं, जर्मनी ने जेनरेटर लगाकर बिजली की रोशनी भी कर ली थी। दिन-रात वहाँ चहल-पहल रहती।

पातालतोड़ कुँओं का काम करने के लिए एक बहुत बड़ा द्विवीज बना था, जिसके लिए हजारों मजदूरों की जरूरत पड़ी थी। बड़ी रौनक रहती वहाँ...जब भी नसीबन का मन डूबता, वह उधर ही ताकने लगती और उसे वे दिन याद आते, जब वह बस्ती के बच्चों को खोजती हुई वहाँ जाया करती थी...बच्चे कुकुरमुत्ते,

सिगरेट की खाली डिब्बियाँ और पन्नियाँ बीनकर लाया करते थे, वह रेवड़ का रेवड़ हाँककर लाती थी—"कल तेरी हड्डी कुटवाती हूँ तेरे अब्बा से।" वह दाँत किटकिटाती हुई फत्ते से कहती थी, बबुआ के कान मरोड़ देती थी। बाकर को धौल जमाती थी, मुनीर और शमशीर को डराती-धमकाती आती थी, लेकिन बच्चों पर कोई असर नहीं होता था।

विभाजन के वक्त और उसके पहले की सिर्फ यादें रह गई थीं...और जिन्दगी अपनी रफ्तार से चलती जा रही थी।

लगभग सभी की खबरें मिल जाती थीं...पाकिस्तान जाने के जोश में जो घराने काफिलों के साथ गए थे...वे सभी गरीबों के थे, और उनकी गरीबी ही आड़े आ गई थी।

यहाँ इस बस्ती से तो वे उखड़ गए थे पर गरीबी ने उनकी टाँगें जकड़ ली थीं, और वे सूबे के पश्चिमी जिलों तक पहुँचकर अटक गए थे। सूबे की सरहद तक पार नहीं कर पाए थे।

गरीबों को कोई पाकिस्तान नहीं ले गया था...।

और अब भी अकेली नसीबन वही सब सोचती रहती है और चुपचाप बैठी रहती है। जब से ऊसर आबाद हुआ और जिले में मजदूरों की रोजी चमकी है तब से कुछ एक लोगों की आमद-रफ्त उधर शुरू हुई है...।

नसीबन साईं के पास बैठी थी...शाम गहरी हो रही थी। नसीबन की आँखें वहीं सामने लगी हुई थीं...और वह अपने में घुटी-घुटी यही सोच रही थी कि बिजली और नई-नई भारी मशीनों के साथ यह कैसी जिन्दगी लौट रही है! यह नई जिन्दगी कैसी होगी? क्या यह वैसी ही बेफिक्री और मस्ती की जिन्दगी होगी? क्या गरीबी भी वैसी ही रहेगी?

फिर उसे लगा कि अगर एक और जिन्दगी आती भी है तो क्या? होगी भी, तो क्या?

सामने ऊसर में बिजली की बत्तियों को वह एकटक ताकती रही। तभी उसने देखा—वीरान सड़क पर सात-आठ छायाएँ चली

आ रही थीं, वे इधर बस्ती की तरफ ही आ रही थीं, पर अँधेरे के कारण साफ-साफ दिखलाई नहीं दे रहा था।

वह एकटक देखती रही—

नहीं, वे सात-आठ आदमी इधर ही आ रहे थे...पर फिर मन का संशय सिर उठाकर बोला था—अब कौन इधर आएगा और क्यों आएगा! इस उजाड़ बस्ती की तरफ, और फिर इस वक्त...ये राहरौ होंगे, अपने रास्ते चले जाएँगे...।

यह सोचकर उसके मन की उदासी और बढ़ गई, सूनापन और भी गहरा गया...।

सड़क पर वे आदमी चलती-फिरती लाटों की तरह बढ़ते आ रहे थे। उनके पीछे वहाँ ऊपर से रावटियों के इर्द-गिर्द चहल-पहल थी। कुछेक मोटरें खड़ी हुई थीं और चलती हुई मशीनों की अनवरत घरघराहट की आवाज यहाँ तक धीमी-धीमी आ रही थी जैसे धरती हलके-हलके सिहर रही हो।

अँधेरा होते हुए भी उन आदमियों के पास आने के कारण चेहरे कुछ-कुछ साफ हो रहे थे। सुलगती हुई बीड़ियों की चिनगारियाँ और धुआँ भी दिखाई पड़ने लगा था।

सड़क के पास वे आदमी रुक गए। इमली के छतनार पेड़ की काली छाया में वे एकाएक घुल-मिल गए। उन्होंने कुछ क्षण वहाँ रुककर कुछ तय किया—वहीं से इस बस्ती की ओर सड़क का रास्ता कटता है...।

नसीबन धीरे से बोली—"साईं, लगता है, ये आदमी इधर ही आ रहे हैं!"

"रास्ता भूल गए होंगे...यहाँ रोशनी देखकर पूछने आ रहे हैं शायद!" कहते हुए वह भी उधर ही ताकने लगा।

और दो-तीन मिनट के बाद ही वे आठों आदमी वहीं, उनके पास आकर रुक गए...सभी जवान थे...सबके बदन लोहे की तरह ठोस और भरे हुए थे...।

"इधर कोई मस्जिद है?" एक ने पूछा था।

"हाँ है।" कहते हुए नसीबन उठकर खड़ी हो गई और पूछा—"कहाँ से आए हो तुम लोग?"

"इधर हमारे मकान थे...हम यहाँ पातालतोड़ कुओं के महकमे में मजदूरी करने आए हैं...आज ही हमारी भर्ती हुई है। अब रहने का ठौर-ठिकाना देख रहे हैं। इधर हमारे पुराने...।"

नसीबन की आँखों में चमक भर गई और उसका बदन खुशी से थरथराने लगा—"इधर तुम्हारे घर थे, अरे, तू बशीर तो नहीं? लगता तो वैसा ही है?..."

और मिनट भर में सारी पहचानें उभर आई थीं...उन्हीं गए हुए और बिखर गए घरानों के बच्चे अब मजदूरी करने के लिए फिर लौटे थे...और अपने पुराने घरों की जगह खोज रहे थे...चलते वक्त उनके अब्बा या घरवालों ने बताया था—"उधर अपने घर हैं...।"

नसीबन खुशी से रो पड़ी थी—वे सब बच्चे बशीर, बाकर, रमजानी, फत्ते वगैरह जवान हो-होकर लौटे थे। नसीबन उन्हें अपने साथ ले गई थी...उन निशानों के पास जो अब भी बाकी थे—"यहीं तेरे अब्बा का घर था,...बशीर यहीं बैठकर चमड़ा कमाया करता था, और बाकर बेटे...वह देख रहा है न...उसी के नीचे जो टूटी हुई दीवार है...वह तेरा घर था...और वो घर और वह ढहा हुआ चबूतरा रमजानी के चाचा का है।"

"नसीबन बुआ! अब तो रात गुजारनी है। कल से अपने घरों को ठीक करेंगे।" फत्ते ने अँगुलियाँ चटकाते हुए कहा था।

नसीबन दौड़कर घर गई थी और जो भी मिला था, उठा लाई थी—बोरा, फटी दरी, मैली चादर वगैरह...और बोली—"लो, इन्हें यहीं पेड़ के नीचे बिछा लो और आराम करो।"

और सुबह तक के लिए रात उसी पेड़ के नीचे कट गई थी।

✪✪✪